귀환병사

요람 新무협 판타지 소설

FANTASTIC ORIENTAL HEROES

귀환병사 8

요람 新무협 판타지 소설

초판 1쇄 찍은 날 § 2014년 2월 20일
초판 1쇄 펴낸 날 § 2014년 2월 27일

지은이 § 요람
펴낸이 § 서경석

편집부장 § 권태완
편집책임 § 이효남

펴낸곳 § 도서출판 청어람
등록번호 § 제1081-1-89호
등록일자 § 1999. 5. 31
어람번호 § 제2-2468호

주소 § 경기도 부천시 원미구 부일로 483번길 40 서경B/D 3F (우) 420-822
전화 § 032-656-4452팩스 § 032-656-4453
http://www.chungeoram.com
E-mail § chungeorambook@daum.net

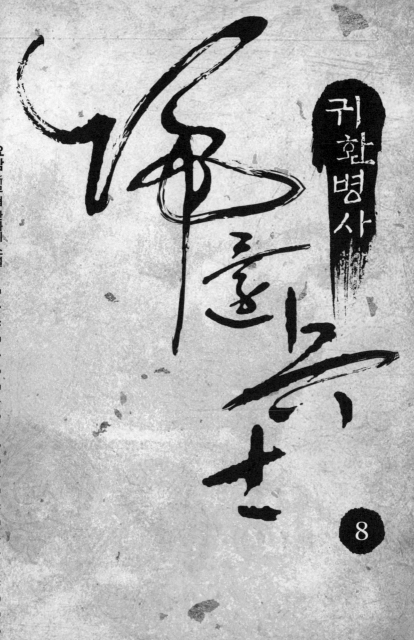

귀환병사

FANTASTIC ORIENTAL HEROES

8

도서출판
청어람

第六十九章　기사(騎士)

귀환병사

동공 가득 찬 붉은 궤적을 무린이 피한 건, 그야말로 가까스로였다.

울부짖던 삼륜공의 도움들이 없었다면 어쩌면 피하지 못했을지도 몰랐다.

사락.

"……"

하지만 완전히 피해내지는 못했다.

나풀거리며 어깨로 떨어진 머리카락을 보며 무린은 가만히 고개를 돌려 확인하고, 다시 정면을 바라봤다.

'처음이다. 이 정도의 쾌검은······.'

진심으로 처음이었다.

무린은 자신한다.

이제 중천이나 남궁유성이 혼신의 힘을 다해 쾌검을 뿌려 내더라도 그걸 육안으로 확인할 자신이 있었다.

그리고 보고 피할 자신도 있었다.

물론 아직 남궁유성이나 중천이 무린보다는 강하다. 하지만 그건 그들이 무(武)를 익혀온 시간 때문이다.

이해의 정도 때문이다.

경험의 차이 때문이다.

연륜의 깊이 때문이다.

하지만 그래도 무린은 피할 자신이 있었다. 반격할 자신도 있었다. 지는 건 분명하다. 그러나 차이가 많이 나도 두, 세 수 차이라고 자신했다.

물론 이 차이는 어마어마하다.

절정에서 이 정도 차이가 나면 깨달음을 두 번, 세 번이나 얻어야 동수가 가능하다고 하니 말이다.

그런 걸 생각하면 무린도 강하다.

어마어마하게 빠른 속도로 성장한 것이다.

종합하자면, 무린은 강하다.

그런데······.

'보이지 않았다. 피한 건 천운이야.'

목울대로 넘어가는 침.

등골을 타고 흐르는 식은 땀.

현재 무린이 얼마나 극도로 긴장했는지 보여주고 있었다.
설마, 이 정도일 줄은 몰랐다. 그저 건너편에서 비인과 먼저
붙은 자가 누군지 궁금했었다.

그래서 전투가 종결된 걸 느꼈을 때 자연스럽게 그가 자신
으로 오는 쪽으로 같이 향했을 뿐이다.

거리가 가까워지면서 점점 그의 기도가 제대로 느껴졌다.

아니, 거리가 가까워지자 그가 기파를 거칠게 뿜어냈다.

흉신(凶神).

야차(夜叉).

사내의 기도는 그런 신화적 존재와 비슷했다.

'아니, 아니다. 이건 마치⋯⋯.'

서늘한 감각이 무린의 목 뒷덜미를 훑고 지나갔다.

아주 익숙한 감각.

북방에서 수도 없이 느껴보았던 감각이다.

바로⋯⋯.

죽음.

그래, 무린은 지금 죽음을 느끼고 있었다.

"⋯⋯."

"······."

앞이 안 보이는지, 고개를 살짝살짝 움직이며 무린 쪽으로 시선을 향하는 사내다. 창을 쥔 손에 땀이 가득 고이는 걸 무린은 느꼈다.

그러나 그걸 닦아낼 틈이 없었다.

그런 헛짓거리를 할 때, 저자가 다시 그 인식조차 못하는 쾌검을 뿌린다면? 이번에야말로 두 동강이 날지도 모른다는 위기감이 들었다.

"피할 줄은 몰랐는데······."

사내가 입을 열었다.

거칠고 흉흉한 기세와는 전혀 어울리지 않는 미성(美聲)이었다. 깨끗하다. 탁한 느낌이 전혀 들지 않았다.

"······."

사내가 말문을 열었지만, 무린은 대답하지 않았다.

자세도 풀지 않았다.

그 기세, 지금 자신이 느끼고 있는 이 지독한 기세는 전혀 죽지 않았다. 그건 곧 자신을 공격할 의사가 있다고 판단한 무린이다.

아니나 다를까.

"그럼 어디 이번에도······."

스윽.

천으로 눈을 가렸기에 무린의 위치는 사내에게 당연히 보이지 말아야 한다. 하지만 사내는 두 눈동자가 있는 곳을 기준으로 해서 정확히 무린을 직시했다.

척.

자세를 낮추고 우검(右劍)을 반대쪽 옆구리까지 접었다가, 무린에게 그대로 쇄도했다.

타다다닷!

지면을 박차는 소리와 함께 사내는 급속도로 무린에게 접근했다.

촤아악!

부채꼴처럼 휘둘러지는 검격.

빠르다.

공기가, 바람이 뒤늦게 갈라져 비명을 질렀다.

탓.

그러나 이미 무린은 두 걸음 더 뒤로 물러난 상태였다. 무린이 물러나자 좌검(左劍)이 비스듬히 활강해 올라왔다.

목표는 무린의 턱.

탓.

무린은 다시 두 걸음 뒤로 물러났다.

"……"

'……'

사내의 공격에 무린은 겉으로도, 속으로도 침묵했다. 낮은 자세를 유지하며 사내가 다시 왼발을 내딛는다.

공격의 시작, 오는 건 우검이다.

촤악!

간결한 내려치기.

그러나 무지막지한 속도다. 정말.

다시 두 걸음을 더 물러났는데 그 지독한 쾌검이 만들어낸 풍압이 뒤늦게 무린의 얼굴로 날아들고 있었다.

사내의 입가가 말려 올라간다.

그건 미소.

비소도 살소도 아닌 말 그대로의 뜻을 담은 미소였다.

즉, 즐겁다는 뜻이다.

사내의 미소가, 안 그래도 무겁던 무린의 심기를 자극했다.

틱.

손목이 튕겨지며 어느새 내려왔던 좌검이 꺾여 들어왔다. 손목의 탄성을 이용한 기교 섞인 공격이었다.

깡!

불꽃이 튀겼다.

처음으로 무린이 철로 이루어진 창대로 막은 것이다.

사내의 공격은 빠르다.

지독할 정도로 빠르다.

육안으로 받아치는 건 불가능했다.

그래서 무린이 보는 건 검이 아닌, 사내의 어깨부터 팔목, 손목이었다. 그것만 파악하면 검의 궤적을 머릿속으로 그릴 수 있으니 말이다.

머리로 냉정히 계산하며 싸우는 것.

무린도 북방에서 깨우쳤고, 중천에게 더욱 강화받은 싸움 법이었다.

끼긱.

그그그극!

힘 대결에 들어섰다.

밀어내려 하는 무린, 밀려 나가지 않으려는 사내.

'흡!'

힘을 응축시켰다가 폭발시켰다.

기잉!

삼륜의 내력이 사지백해로 흘러, 무린의 전신에 용력을 선사했다.

팡!

사내도 내력을 운용했는지 공기가 터지는 소리가 들렸다.

승자는 무린이었다.

사내의 신형이 부웅 떠올랐다.

그러자 무린의 눈빛이 빛났다.

쿵!

강렬한 진각을 시작으로 무린의 육체가 대지에 우뚝 섰다.

후웅.

그리고 점을 찌르는, 무린의 필살기라 해도 과언이 아닌 찌르기가 시전됐다. 파괴력, 속도는 가히 으뜸이라 할 수 있다.

쩌정!

북 터지는 소리와 함께 무린의 눈이 동그랗게 떠졌다.

공중에 떠있었던 사내가 어깨를 뒤로 당겼다가 사정없이 휘두르자, 그의 쌍검이 정확히 무린의 창날을 때렸다.

그것도 동시에.

내력이 가득 담긴 일격이었다.

삼륜의 내력은 말했다시피 관통의 내력, 거칠게 파헤쳐 파고드는 특성을 가지고 있는 내력이다.

그런데도 사내의 쌍검이 때리는 즉시 멈춰 섰다.

내력의 차이?

'아니야.'

무린의 내력과 사내의 내력이 만나 터졌다. 그런데도 무린은 큰 충격을 받지 않았다. 두 내력이 같이 상잔했는데도 이런 상황이라는 것은……

저 사내가 사용하는 내가공부의 특성도 만만치 않다는 뜻이다.

툭.

사내가 바닥에 안착하더니 뒤로 몇 걸음 물러났다.

"……."

"……."

일언반구도 없이 검부터 날렸기에 몇 차례 격돌을 했다. 그리고 지금, 무린은 이 사내가 누군지 알 것 같았다.

짐작은 바로 입으로 흘러나왔다.

"광검, 위석호."

"……."

사내의 입은 살짝 열렸으나, 말이 흘러나오지는 않았다. 다만 살짝 오므려진 게, 마치 호오 하는 모양새로 보였다.

그 반응에서 무린은 자신의 생각이 맞았음을 깨달았다.

광검(光劍). 혹은 광검(狂劍).

호왕의 난이 배출한 신성 중에 한 사람.

빛처럼 빠른 검을 뿌린다 하여 광검(光劍). 하지만 반대로 그 빛처럼 빠른 검식을 뿌리는 본인이 광기(狂氣)에 차있다 하여 광검(狂劍)이라 불린다.

호광성 부지휘사를 구하면서 유명해졌지만, 원래 그전에도 신에 검수로 이름을 날리던 고수였다.

처음 무공을 배울 당시에도 중천의 입에서 언급됐던 별호와 이름이다.

"처음 만났는데 그저 기도와 검식의 특성으로 내가 누군지 알아내다니. 상당히 눈썰미가 좋군."

"……."

처음 만났다는 걸 알고 있다.

눈을 가리고 있지만, 사내, 위석호는 무린을 처음 만났다는 걸 알고 있다는 소리다. 그건 곧 파악할 수 있는 방법이 있다는 소리.

저 천은 아마 멋이 아닐 것이다.

그렇다는 건 정말 눈을 가렸다는 뜻이고, 안 보인다는 소리다.

맹인(盲人)일수도 있다는 생각까지 들었다.

하지만 지금 중요한 건 그게 아니었다.

"광검은 무작정 검부터 휘두르나?"

날이 선 무린의 목소리다.

정체를 알아차렸다고 그와 친분을 나누고 싶은 생각은 없었다. 무린은 예전부터 적아를 딱 두 가지로 분류한다.

적, 나를 해치려는 자.

아, 나를 도와주는 자.

딱 두 개다.

이 두 가지 안에 포함되지 않는 사람은 그저 타인일 뿐이다.

이런 기준으로 본다면 위석호는 전자다.

그러니 적이다.

"내 이름을 알고도, 나를 모르나?"

"……."

그 말에 무린은 눈살을 찌푸렸다.

아, 광검에 대해 중천이 했던 설명이 떠올랐다.

광검행(狂劍行).

그가 몇 년 전에 펼쳤던 비무행을 세인들이 일컫는 단어다.
즉, 무(武)에, 검(劍)에 미친 자란 뜻이다.

무린은 이해했다.

무린이 위석호의 전투를 느꼈듯이, 그 기파를 느꼈듯이 위
석호도 무린이 벌인 전투에서 흘러나온 파장을 읽은 것이다.

"당신의 이름은?"

위석호가 무린의 이름을 물어왔다.

"진무린."

"아."

짧게 감탄하더니, '비천객이었군' 하고 중얼거리는 위석호
였다. 그 이후 씨익 웃는데, 무린은 그 안에 담긴 짙은 호승심
을 읽을 수 있었다.

스윽.

위석호의 중심이 다시 낮아졌다.

좌검은 가슴으로, 우검은 뒤로 빼는 위석호의 동작이 펼쳐진다.

무린도 창을 앞으로 겨누고, 대지를 굳건히 디뎠다.

"......"

"......"

고오오오.

근거리에 있기에 두 사람이 뿜어내는 열기가, 그 일그러짐이 느껴질 정도였다. 기파와 기파가 만나 두 사람이 서 있는 대지의 공기가 아우성을 질렀다.

가속, 가속, 삼륜이 회전하고 이마 앞으로 현신했다. 둥둥 떠오른 삼륜의 우윳빛 광체는 이제 어두워져 가는 숲을 밝혔다.

"......"

"......"

잠시의 침묵.

그 침묵이 깨진 건 좀 전의 격돌로 헤집어진 나뭇가지가 뚝 소리를 내고 지면에 떨어졌을 때였다.

스가앙......!

다시금 붉은 열십자가 무린의 동공을 매웠고,

촤라락……!

뿌려낸 창끝에서 뻗어나간 우윳빛 창기(槍氣)가 넘실거리듯 일렁거리며 붉은 열십자를 마중 나갔다.

*　　*　　*

빛살처럼 짓이겨 들어오는 붉은 궤적과 무린의 뿌린 창기가 정확하게 둘 사이의 중간에서 부딪쳤다.

원래라면, 저 정도 쾌검수의 검기를 무린이 반응할 리가 없다. 그러나 무린은 속도에서 조금도 밀리지 않았다.

어떻게 된 걸까.

예측이다.

팔이 움직이는 순간 다음을 예측하여 뿌려낸 것이다. 머릿속으로 그림을 그려 전투를 하는 사람은 사실 군사에 가깝다.

그러나, 이런 대인전에도 필요하다.

가가각!

그그그그극!

우윳빛 창기는 뚫으려고 용을 쓰고, 붉은 검기는 가르려고 애를 쓴다. 하지만 둘의 내력 차이는 없다.

쩌저적… 쾅!

마치 금이 가는 소리가 나더니, 그대로 폭발 후 소멸해 버렸다.

타다닷!

어느새 달려든 위석호가 발검을 뿌렸다.

스악!

육안으로 확인하고, 지척까지 도착했다고 느끼는 순간 어느새 위석의 우검은 무린의 옆구리를 때리고 있었다.

이건 무린의 신체, 시각의 반응속도를 넘어선다는 뜻이었다.

'큭!'

속으로 비명이 절로 일어났다.

좀 전의 격돌보다 더욱 빠르다.

비인의 살객?

애초에 비교 자체가 안 된다.

위석호의 움직임, 검을 뿌리는 속도는 가히 빛에 가까웠다.

기잉!

깡!

위석호의 우검이 튕겨 나갔다.

"음?"

의문 섞인 신음이 나왔다.

놀랐을 것이다.

검으로 육체를 때렸는데 마치 철 기둥을 내려친 소리가 나고, 저릿한 감각이 손바닥을 타고 흘렀을 테니 말이다.

모두 일류의 힘이다.

현재 일류의 힘은 내력이 전해지지 않은 공격은 무린의 몸에 직격으로 부딪친다 해도 타격을 줄 수 없는 경지다.

스악!

무린의 창이 휘돌았다.

타닷!

재빠르게 물러나는 위석호의 앞섬을 예리하게 갈라버렸고, 위석호는 나풀거리는 앞섬을 잠시 바라보다가 다시 무린을 보며 말했다.

"기공이군."

"……"

맞다.

무린의 삼류는 분명히 기공(奇工)이다. 말 그대로 풀이하자면 기이한 공부다. 위석호가 단번에 내린 정의는 결코 틀리지 않았다.

"일반적인 공격은 통하지 않겠군. 그렇다면… 내력을 가득 담아 썰어야 하나?"

중얼거리듯이 얘기하는 위석호의 말에 무린은 피식 웃었다.

"훗, 자신 있다면 해봐라."

위석호의 검은 빠르다.

빛 광자가 들어가는 광검이라는 별호처럼 무지막지하게 매서운 쾌검이다. 그가 휘두르는 검은 그저 번쩍! 하고 육안 으로 잡힐 뿐이다.

휘두른다 생각할 때, 이미 목표했던 타격점을 때려버린다 는 소리다. 하지만 그렇다고 해도 무린은 자신이 질 거라는 생각은 하지 않았다.

'주눅 들 필요 없다. 그저 나는 내가 익힌 대로만 풀어낸 다.'

혈사룡에 이어 두 번째다.

그토록 바라왔던 강자와의 대결이다.

무린의 입가에 미소가 짙어졌다.

쿵!

쉬익!

어느새 잡은 자세와 함께 내지른 진각. 그리고 뻗어나가는 창이 공간을 뚫고는 그대로 위석호의 명치로 돌진했다.

깡!

가가각!

위석호의 좌검이 철창의 진로를 막고, 우검이 창의 윗면을 타고 물가로 활강하는 매처럼 날아 들어왔다.

타다닷!

가가가각!

어느새 무린의 앞.

투웅!

까강!

무린의 손목이 일시에 위아래로 흔들렸다. 순간적인 반동을 줬기에 위석호의 우검이 그대로 튕겨 올라갔다.

좌아악!

그러자 그대로 손목을 뒤로 당기면서 검을 뿌려내는 위석호. 이번에도 역시나 빛의 속도로 무린에게 날아들었다.

깜빡.

궤적밖에 보이지 않는다.

그것도 뒤에서 끌려오는 궤적만 보였다. 꼬리만 보인다는 소리다. 그래서 무린은 순간 생각했다.

'이 상태로는 힘들다.'

모험, 도전을 할 때다.

무린의 좌수가 창을 슬쩍 놓고 번개처럼 휘둘러졌다. 검의 본체가 있을 거라 예상되는 지점을 향해서였다.

까강!

일류의 보호를 받고, 삼류의 내력을 받은 좌수가 광검의 우검을 튕겨냈다. 무린의 감이 정확히 검의 위치를 잡아낸 것이다.

튕겨져 올라가는 위석호의 우검.

덕분에 위석호의 오른쪽 상체가 훤히 들어났다.

'빈틈!'

생각과 동시에 무린은 앞으로 한 발 나아갔다. 창을 잡은 오른손을 그대로 사선으로 쳐올렸다.

맞는다.

지근거리니 분명히 이번엔 창대가 위석호의 육체를 후려 칠 거라 생각했다. 그러나 위석호의 반응도 매우 빨랐다.

깡!

어느새 좌검으로 창의 진로를 막고, 슬쩍 중심을 띄운다. 밀리지 않은 좌검, 그리고 무린의 힘 덕분에 위석호의 신형이 비스듬하게 날아갔다.

힘에 거스르지 않고, 순응한 덕분이다.

하지만 이게 말이 쉽지, 촌각의 거리에서 벌어진 일이다. 순간순간이 생과 사를 가르는 격렬한 한 수, 한 수를 주고받 는 와중에 이런 게 가능하다는 건 그야말로 위석호의 무에 대 한 이해와 체득의 수준이 상당히 높다는 뜻이다.

기예(技藝)였다.

타다닷!

바닥에 내려온 위석호가 다시금 달려들었다.

촤아악!

바닥을 거칠게 쓸어내는 우검.

쿵!

까강!

무린은 창대를 바닥에 찍어 우검의 진로를 막아버렸다.

그그그극!

스아악!

동시에 위석호의 양 손이 같이 움직였다.

우검은 비틀림과 동시에 수직으로 창대를 타고 올라왔고, 좌검은 그대로 사선으로 날아 무린의 턱을 노렸다.

동시에 이런 움직임을 보여줄 수 있다는 것.

내력을 제대로 활용하고, 신체도 모조리 위석호가 생각한 그대로 움직이고 통제를 받는다는 뜻이었다.

'대단하군.'

과연, 대단한 무인이라 무린은 그 짧은 시간에 생각했다.

하지만.

'당해줄 수는 없다.'

이 정도 공격에 말이다.

"흡!"

무린의 입에서 기합과 함께 바닥에 찍었던 창을 그대로 회전시켰다.

팅!

깡!

거의 동시에 들리는 두 개의 소리.

무린의 창이 회전하면서 창대를 타고 오는 우검을 튕겨내고, 날아드는 좌검도 같이 튕겨낸 것이다.

한 번의 회전으로 두 개의 공격을 막은 무린.

위석호도 위석호지만 무린도 북방에서 십오 년을 살았기에 몸에 배인 기술이나 임기응변도 결코 만만치 않았다.

거기에 삼륜공이 함께 하니, 무린도 생각한 그대로 육체를 다룰 수 있는 지경에 도달해 있었다.

위석호도 강하지만, 무린도 강하다는 소리였다.

휘릭!

반 바퀴 도는 창을 다시 두 손으로 잡고, 어느새 위로 향한 창날을 그대로 내리그었다. 그에 위석호는 위로 튕겨 나간 두 개의 검을 그대로 꺾어, 아래로 내려찍었다.

까강……!

공중에서 멈추는 창과 쌍검.

"……."

"……."

근접거리에서 다시금 힘 싸움이 시작됐다.

내리누르려는 자.

위로 올려치려는 자.

기본적으로 위에서 아래로 누르는 게 더 쉽고, 아래에서 위로 올리는 게 더 어렵다. 하지만 그럼에도 비등하다는 건 육체적인 힘은 무린이 강하다는 뜻이었다.

하지만 그건 의미가 없다.

이 둘의 싸움은 결코 육체적인 힘으로 승부가 나지 않을 것이기 때문이다. 힘으로 가능한 것은…….

"흐읍!"

까앙!

위석호의 쌍검이 밀리고 신형이 뒤로 물려졌다. 물론 원해서가 아닌, 힘에서 부족했기 때문이었다.

하지만 피해를 입은 건 아니다.

그저 물러난 것뿐이다.

힘으로 이룰 수 있는 건 현재는 이게 전부였다.

"……."

"……."

십보의 거리에서 다시 대치를 시작하는 둘.

후우, 후우…….

하는 숨소리가 미약하게 둘의 입에서 흘러나왔다. 동시에 귀밑으로 구슬땀 한 방울도 흘러내렸다.

몸이 달아올랐다는 소리와 동시에 체력도 상당히 소모했

다는 증거였다.

"쉽지 않군. 쉽지 않아⋯⋯. 후후."

위석호가 호흡을 가다듬고, 검을 다시 뒤로 회수하며 말했다.

"⋯⋯."

무린은 대답하지 않았지만 그 말에 전적으로 동의했다. 그리고 속으로 생각했다.

이자⋯ 광검 위석호.

'혈사룡보다 강하다.'

상대하기 벅찬 건 물론 몸에 지닌 무예의 깊이가 혈사룡보다 높은 곳에 있었다. 어쩌면, 자신이 아닌 혈사룡이 이곳에 있었다면⋯ 잘하면 승부가 났을 지도 모르겠다고 생각했다.

그런 생각이 들만큼 위석호는 강했다.

흉악하던 기세는 아직도 그대로다.

무린의 숨통을 압박하는 흉신의 기세.

정제되지 않은 야차의 기운도 아직 건재했다.

여력이 남았다는 소리다.

'나도 마찬가지다.'

하지만 무린도 아직 여력이 남아 있다.

비인의 살객을 상대하고, 광검을 지금까지 상대했지만 아직 체력도, 내력도 남아 있었다. 물론 처음만큼 충만하지는 않았다.

내력이란 건 쓰면 쓰는 데로 소진되는 것.

운기를 통해 다시 채우기 전까지는 다시 보충되지 않는다.

그러나 이건 위석호도 마찬가지일 것이라 무린은 생각했다.

그도 비인의 살객을 상대했기 때문이다.

그리고 같은 조건에서 자신과 격돌했기 때문이다. 결론은 서로 동등한 현재 상황이란 소리였다.

꿈틀.

무린의 눈가가 잠시 꿈틀거렸다.

무언가 다가오고 있음을 느꼈다.

위석호도 느꼈는지 갸웃거리더니, 이내 한곳을 바라본다. 동시에 무린의 시선도 돌아간다.

적의가 느껴지진 않는다.

무린은 다가오는 자들이 누군지 알 것 같았다.

하나에서 둘.

'둘이다.'

정확하게 감지되는 기척.

묵직하고 위압감이 느껴지는 기파.

수풀을 걷어내고 드러나는 얼굴에 무린은 역시! 라는 생각을 했다.

숲 밖에서 대기하던 오호대, 사자대를 이끄는 팽가의 후계
자들의 정체는 팽연성과 팽연화였다.

무린은 동시에 위석호와의 싸움은 끝났다는 걸 직감했다.
그래서 무린의 얼굴은 자연스럽게 찌푸러질 수밖에 없었다.

현재 이 상황에서 저 둘의 등장이 전혀 달갑지 않은 무린이
었다.

무린은…….

아직 좀 더 창을 휘두르고 싶었다.

날뛰고 싶었다.

*   *   *

위석호의 역시 저 둘의 난입이 전혀 달갑지 않았는지 무린
처럼 마음에 안 든다는 표정을 대놓고 드러내고 있었다.

어둠 속.

하지만 팽연성도, 팽연화도 무린과 위석호의 표정을 눈치
챘는지 묘한 미소를 짓고는 입을 열었다.

"이런, 저희들이 괜히 왔나 보네요."

굵으면서도 묘하게 미성으로 들리는 팽연화의 말에 무린
은 대답을 하지 않았다. 위석호도 마찬가지였다.

"죄송하지만 성함이 어떻게 되시는지요."

팽연성은 위석호에게 그의 이름을 물었다.

명가의 자제.

또렷하면서도 당당하게 물었으나…….

피식.

위석호의 비웃음만 돌려받았다.

이 정도면 무시당했다고 해도 과언이 아니지만 팽연성은 침착했다. 그저 가만히 위석호를 바라봤다.

어서 대답을 하라는 눈초리를 하고서.

"……."

"……."

위석호도, 팽연성도 입을 열지 않았다.

묘한 침묵이 장내에 내려앉았다.

무린은 대신 위석호의 정체를 말해줄까 했으나 그만뒀다. 침묵이 내려앉는 순간 이건 이미 자존심 싸움이 된 것이다.

먼저 대답을 하는가, 아니면 끝까지 침묵을 고수하든가. 반대로 먼저 대답을 받아내든가, 아니면 감정이 먼저 흐뜨러지든가.

그런 자존심 싸움이 된 것이다.

피식.

위석호가 다시 웃는다.

마치 조롱하는 미소였다.

그 다음으로 귀찮다는 표정이 된 위석호.

"위석호다."

"……."

자존심 싸움에서 위석호가 졌다? 아니었다.

그는 귀찮아하고 있었다.

자존심 싸움은 맞았다. 먼저 반응을 하면 지는, 그런 자존심 싸움이었다.

그런데 위석호는 그걸 진심으로 귀찮아하고 있었다. 남의 표정을 잘 읽는 무린은 그걸 똑똑히 인지했다.

"광검?"

팽연화가 살짝 놀란 얼굴로 그렇게 되물었다.

"그래, 내가 미친 검 위석호다. 후후."

스스로를 미친 검이라 부른다.

하지만 자기비하의 느낌은 없었다. 묘한 느낌이었다.

"당신이 어째서 비인과?"

"말해야 하나?"

팽연화의 물음에 위석호가 귀찮은 표정, 목소리로 되물었다. 그 물음에 팽연화의 표정이 굳었다.

그러나 이내 고개를 저었다.

위석호가 그걸 굳이 밝혀야 할 이유가 없다는 걸 알아차린 탓이다. 아무리 자신이 팽가의 직계라도 남에게 질문을 강요할 수는 없다.

특히 광검.

위석호는 강호에서도 그 위명이 진동하는 고수 중에 고수, 그것도 정도의 길을 걷는 고수였다.

그런 위석호가 잘못한 것도 없는데 팽연화가 다그치게 되면 그 자체로 결례가 되고, 시비가 되어버린다.

"그것보다……."

"음?"

"너희들 때문에 간만에 달아오른 흥이 식었다."

"네?"

팽연화가 되묻자 위석호는 무린을 바라봤다. 그리고 검을 탈탈 털었다. 그 행동에 뜻을 알아차린 팽연화가 아… 하고 탄성을 냈다.

"미안하게 됐어요. 기파에 이끌려 그저 찾아온 건데 말이에요."

"흥."

위석호는 기세는 그야말로 흉악무도란 말이 어울린다. 그러나 그렇다고 그의 정신이 이상한 건 아니었다.

냉정하고, 약간 냉소적이지만 충분히 정상이라 부를 만한 정신과 개념, 사상 등을 가지고 있었다.

물론 무에 대해서는 미친 게 맞았지만.

그래서 무인끼리의 강렬한 싸움에서 뿜어져 나온 기파에 이끌려 왔다는 말에, 그저 흥 하고 넘어가는 것이다.

그건 이해했다는 뜻.

무인이니 호기심, 호승심이 생기는 건 어쩔 수 없다는 걸 이해한 것이다.

"됐다. 나도 저 치에게 호승심이 생겨서 검을 마구잡이로 휘둘렀으니."

"……."

위석호는 그렇게 말하더니, 무린을 바라보고 살짝 고개를 숙여 예를 표했다.

"미안하게 됐소, 비천객. 내가 강한 사람만 보면 정신을 못 차려서."

사과라…….

무린은 고개를 끄덕였다.

"받아들이오."

승패를 결정짓지는 못했지만, 충분히 만족한 무린이었다.

"그럼… 다음에 연이 되면 또 뵙겠소."

"……."

휘익.

위석호가 휘파람을 짧게 불렀다.

숲 저 멀리서 히히힝! 하는 말울음 소리가 들렸다. 그리고 곧 어둠을 뚫고 검은 흑마 한 마리가 맹렬한 기세로 달려왔다.

윤기가 흐르는 검은 갈기털에 여기저기·상처투성이의 육체를 가진 흑마는 압도적인 크기와 함께, 엄청난 위용을 내뿜었다.

팽연성, 팽연화는 그런 흑마의 위용에 잠시 눈빛이 멍해졌다.

무인은 무기, 갑주 등 자신을 지켜주는 물건에 관심을 가진다.

기병(騎兵)만 되어도 평정이 흔들린다.

그런데 저 검은 흑마는, 뛰어나다를 넘어선 위용을 보여주고 있다. 그야말로 명마(名馬)라는 말이 어울렸다.

북방을 전전하며 지휘관들이 타던, 혹은 북원의 잔당이 타고 있던 수많은 명마를 보아왔던 무린도 잠시 멍해질 정도였다.

처걱.

위석호가 양쪽에 매달린 검집에 검을 납검하더니 그 위로 훌쩍 올라선다.

스윽 시선을 돌려 팽연성, 팽연화를 보더니 곧이어 무린을 바라본다. 그러더니 묘한 미소를 짓는다.

'흡!'

그 미소에 정신이 번쩍 드는 무린이었다.

다시금 기파를 뿌리기 시작하는 위석호.

공격의 의사는 보이지 않았다.

쌍검은 이미 검집 안에 들어가 있는 상태였다.

그저 보여주는 것이다.

그리고 보여준다는 것은 자신을 기억하라는 의미였다. 무린은 마주 기세를 뿜어냈다. 큰 특색이 없는 무린의 기세다.

그러나, 충분히 넘칠 정도로 크게 느껴지는 무린의 기세다. 위석호의 미소에, 무린도 작은 미소로 화답했다.

친구? 전우?

아니다.

말 몇 마디 나눴다고 친분을 맺었다 생각하는 성격이 아닌 무린이다. 그저, 다음에는 좀 더 제대로 놀아보자는 의미의 미소였다.

이랴!

히히힝!

위석호를 태운 흑마가 거칠게 투레질을 하더니 곧 몸을 돌려 질풍처럼 내달려, 어둠 속으로 사라졌다.

"……"

멀어져가는 흑마.

무린은 어쩐지 위석호의 모습이 말 위에서 더욱 자연스럽게 느껴졌다. 태생이 그러한 것 같았다.

'뭐였더라⋯⋯. 그래, 기사. 저 사막 건너 색목인들의 나라에 존재한다는 기사.'

기사(騎士).

말을 탄 무사.

어머니에게 듣기를 그들은 무거운 철로 된 갑주를 입고, 말 위에 올라 전투를 치른다고 들었다.

땅 위에서 무지막지한 광검을 뿌리던 위석호보다, 말 위에서 검을 뿌리는 위석호가 어쩐지 더욱 어울릴 것 같았다.

아니, 자연스럽겠다고 생각한 무린이다.

피식.

위석호.

광검⋯⋯.

'후우, 후후. 역시⋯⋯.'

무린은 생각했다.

역시나⋯⋯.

강호는 넓구나.

第七十章 흑산(黑山)

위석호가 떠나고, 무린은 숲의 북측 입구 쪽에 야영을 결정
했다. 연이은 야영으로 팽가의 무사들도 어느 정도 적응을 했
는지 야영의 준비는 빨랐다.

가볍게 잠자리를 만들고, 곳곳에 모닥불을 피웠다.

바람의 방향을 따라 목책, 그리고 그 위에 천을 씌우자 나
름 훌륭한 쉼터로 변했다.

중앙에는 역시 무린이 자리 잡았다.

"비인이었나요?"

팽연화가 모닥불을 조용히 쐬다 말고 물었다.

무린은 가볍게 고개를 끄덕이며 대답했다.

"맞습니다."

"숫자가 꽤 되던데."

"……."

그 말에 의도를 잠시 생각하다가, 무린은 이 말이 책망의 뜻이라 판단했다.

왜 먼저 들어갔냐. 위험한 행동이다.

그런 뜻이라 무린은 생각했다.

변명을 굳이 할 생각은 없지만 말해줘서 나쁠 것도 없다고 생각한 무린은 팽연화를 보며 입을 열었다.

"제가 도착했을 때, 숲은 요동치고 있었습니다."

"……."

"아마 광검이 먼저 숲에서 싸우고 있었을 겁니다. 그가 저보다 먼저 들어간 거지요. 저는 그게 궁금해 들어왔습니다."

"아아, 그러셨군요."

팽연화는 이해했다는 듯이 고개를 끄덕였다.

가만히 있던 팽연성이 뒤이어 입을 열었다.

"시체를 확인해 보니 모두 신체 곳곳에 일(一)자 문신이 있었습니다. 그건 비인의 일급살객이라는 뜻."

"……."

무린은 가만히 팽연성을 바라봤다. 뒷이야기가 더 나올 거라 생각한 것이다. 팽연성의 입이 다시 열렸다.

"비인의 일급살객이면 같은 일류의 무인도 암살이 가능하다고 들었습니다. 그런 일급살객을 열이나 상대해서 모조리 사살하다니. 대단합니다."

"……."

무린은 웃었다.

솔직담백한 팽연성의 말에 기분이 좋아진 것이다. 사실 힘이 있으면 이렇게 솔직해지는 건 쉽지가 않다.

내가 힘을 가질수록, 그리고 나이가 아직 젊을수록 남을 칭찬하는 것을 이상하게 꺼려하게 된다.

마치 내가 뒤지고 있다는 감정이 들기 때문이다.

하지만 팽연성은 무린의 실력에 실제로 놀랐다. 대단하다는 감정을 느꼈다. 그리고 그걸 솔직하게 얘기했다.

무린은 그래서 팽연성을 다시 봤다.

"어떻게 상대하셨는지, 혹시 들을 수 있겠습니까?"

기대감에 찬 눈빛으로 그렇게 물어오는 팽연성의 말에 무린은 살짝 부담을 느꼈다. 팽연성. 팽가의 직계로 태어나 제대로 수업을 받은 다음 대의 가주가 될 사내다.

유순한 것 같지는 않지만, 배움에 대한 열망은 확실히 느껴졌다.

어머니도 해줬고, 문인도 해줬던 말이 불쑥 떠올랐다.

'배울게 있다면 소동에게도 가르침을 구하라고 했다. 그건 곧 대상은 누가 되든지 상관없다는 소리다.'

어머니도, 문인도 그렇게 말했었다.

물론 파렴치한이나, 안면몰수의 살인마들에게는 통용되지 않는 말이지만 상대가 누구든 배울 게 있다면 배우는 게 공부의 가장 중요한 법이라고 했다.

팽연성이 지금 그러고 있었다.

무린은 비천객.

사실 팽가와 그리 큰 인연은 없다.

지원군을 요청하러 갔던 것.

그게 끝이다.

그런데도 팽연성은 무린에게 가르침을 구하고 있었다.

'나라면 이렇게 못했을 것이다.'

자존심이 있기 때문이다.

그런 생각이 들자 씁쓸해졌지만, 이내 고개를 끄덕였다. 물었으니, 말해주기로 결정한 것이다.

"저는 북방의 전쟁터에 있었습니다."

"음?"

무린의 첫말은 어쩌면 팽연성이 물은 것과 상관이 없어 보였다. 그래서 팽연화가 살짝 의문 섞인 소리를 냈지만 무린은 아랑곳하지 않고 다음 말을 이었다.

의문은 뒷이야기로 풀어주는 게 제일이기 때문이다.

"십오 년. 오랜 세월동안 종군했고, 그중 척후병으로 전장을 누빈 세월이 거의 사 년에서 오 년은 됩니다."

"아……."

척후병(斥候兵).

언제나 전장의 가장 앞에 서는 존재들이다.

이들은 적의 진형이나 군세, 이동경로나 혹시 모를 공작 등을 끊임없이 깨고, 방해하고, 아군에게 알리는 역할을 한다.

어마어마하게 중요한 존재들인 것이다.

정보 자체가 전부 넘어가니 당연히 적은 그런 척후병들을 죽여야 한다. 제거해야 한다. 그렇기 때문에 가장 전면에서는 언제나 피 튀기는, 그러나 소리는 없는 싸움이 계속된다.

소리가 없다는 것.

이 말은 척후병들의 싸움이 지독한 암살전임을 뜻한다.

언제나 은밀해야 하고, 발걸음 하나도 조심해야 하고, 소리를 내는 즉시 자신의 숨통을 끊을 암기세례가 퍼부어진다.

방심하는 순간 적이 뒤에 나타나 목을 긋고 사라지고, 반대의 경우도 빈번하게 일어난다.

"그렇기 때문에 살객들을 상대하는 건 쉬웠습니다. 북방에서 얻은 경험이 큰 힘이 되었으니까요."

"그럼 같이 암살전을 펼친 것인가요?"

팽연화가 되물어왔다.

무린은 고개를 저었다.

암살전은 아니다.

그저, 상황을 파악하고, 언제나 한 발 먼저 움직였을 뿐이다.

"기감을 열어놓고, 목표를 설정하는 순간 반드시 숨통을 끊어야 합니다. 그리고 이 과정에서 주변의 적들이 공격을 해 오는데, 이 상황에서는 반드시 적보다 한 발 앞서 움직여야 합니다. 포위되는 순간 위험한 상황은 반드시 찾아옵니다."

누구를 가르쳐 본적이 없는지라, 두서없이 나간 말이지만 다행히 둘은 이해를 했나 보다.

"즉, 요는 목표한 적은 반드시 죽이고, 절대로 포위당하지 말라?"

팽연화의 말에 무린은 고개를 끄덕였다.

팽연성이 고개를 주억거리며 중얼거렸다.

"과연, 하지만 이건 전투의 상황을 모두 파악하고 있어야 가능한 방법인 것 같습니다. 무력도 갖추어야 하고. 진 대협 은 수많은 경험을 토대로 그런 전투를 겪었겠지만 저희는 경 험이 없으니 힘들겠군요."

"……"

무린은 그 말에도 고개를 끄덕였다.

온실 속의 화초라 했다.

무력은 확실하게 갖추었으나, 경험은 그다지 많지가 않은 둘이다. 아마 집단전이 되면 그 힘은 발휘하겠으나, 이런 숲 속에서의 전투, 그것도 비인의 살객 같은 부류와 전투를 벌인다면 결코 쉽게 상대하긴 힘들 것이다.

"감사합니다. 많이 배웠습니다."

꾸벅.

팽연성이 예를 취해왔다.

"별말씀을."

무린은 가볍게 그 인사를 받았다.

그리고 속으로는 다시 한 번, 팽연성에게 조금 감탄했다.

제대로 배운 오대세가의 자제.

확실히 어중이떠중이들과는 그 차원이 달랐고 마음가짐도 달랐다. 명가는 역시 괜히 명가가 아니라는 생각도 들었다.

이런 인재를 키워낼 저력이 있다는 것.

'괜히 유구한 세월을 버텨온 게 아니구나.'

진심으로 찬탄이 들었다.

무린은 자신과 남궁세가와의 일은 번외로 친다면 남궁세가도 참 대단한 곳이라 생각했다가 다시 한 번 그 저력과 벽을 깨닫는 무린이다.

그래서일까.

모닥불에 비춰 보이는 무린의 모습은 어딘지 조금, 기운이 없어 보였다. 그러나 눈동자는 그와 반대로 서서히 불타오르고 있었다.

*　　　*　　　*

숲을 빠져나와 한참을 달린 무린은 북녕(北寧)에 도착했다. 해가 중천에 떴을 때 도착해서 그냥 지나칠까 생각도 했었지만 그동안 체력이 많이 소진됐기에 하루는 여기서 푹 쉬기로 무린은 결정을 내렸다.

또한 아무리 말을 타고 왔어도 익숙지 않으면 상당한 체력이 소모된다.

오호대와 사자대는 기병타격대라기보다는 그저 평범한 무력부대에 차라리 가까웠다. 그러니 역시 말을 다루는 건 어설펐다. 탈 줄은 알지만 능숙하게 다루지는 못하는 것이다.

그런 오호대와 사자대의 피로감을 읽은 팽연성, 팽연화는 북녕에 몇 개 없는 큰 객잔 두 개를 아예 통째로 빌려 두 개 단 전원을 밀어 넣었다.

그리고 먹고 싶은 것은 전부 시켜먹으라고 지시까지 내렸다. 하루, 이 하루 동안 최대한 체력을 회복시키려는 의도였다.

그래서 말끔히 체력을 회복하지 못하면 밖으로 아예 나오지 말라는 명령 아닌 명령까지 내렸다.

"그럼, 저희도 올라가보겠습니다."

"……."

팽연성의 말에 무린은 가볍게 고개를 숙여 그 말을 받았다.

둘이 올라가자 계단 근처의 탁자에 자리 잡은 무린은 점소이에게 요리를 몇 종류를 시키고 무린은 가만히 차를 마셨다.

씁쓰레한 맛이 나는 게, 그렇게 상품의 찻잎을 쓴 것 같지는 않았다. 더욱이 차를 제대로 우려내지 못하기도 했다.

'려 아가씨가 달인 차는 정말 일품이었지.'

문인은 당연히 다도(茶道)에도 조예가 깊었다.

그것도 꽤나 고급스러운 찻잎으로 우려낸 차였다. 려가 어렸을 적에는 당연히 문인이 직접 했었다.

하지만 려의 나이가 차기 시작하면서 려가 가장 먼저 배운건 예절, 그리고 다도였다. 그게 그녀 나이 열 살 때부터다.

그러니 당연히 려의 차 우려내는 솜씨는 일품(一品)에 가까웠다.

무린은 그런 생각을 하면서 가만히 웃었다.

끼익.

낡은 객잔의 문이 귀에 거슬리는 소리를 내며 열렸다. 고개를 들어 올리니 사십대 중반의 사내가 '어유, 덥다, 더워' 하면서 옷을 탈탈 털면서 주변을 슬쩍 두리번거리고 있었다.

무린의 눈빛이 살짝 빛났다. '어유, 덥다, 더워' 란 말은 마을에서 운삼이 보내주는 연락책을 만날 때 쓰는 은어(隱語)였다.

찻잔을 내려놓은 무린은 살짝 손을 들며 말했다.

"이 친구야, 뭘 두리번거리나. 여기네, 여기."

이 또한 무린이 답해야 하는 은어였다.

무린의 말에 중년 사내가 무린을 보고 활짝 웃었다. 그러더니 성큼성큼 걸어오면서 반가운 목소리로 대답했다.

"아하, 이 친구 왜 계단 밑에 꽁꽁 숨어 있나. 하하."

드륵.

거침없이 앉은 사내가 손을 번쩍 들었다.

"여기 소면 하나 주게!"

예! 하는 점소이의 목소리를 들렸고, 사내는 다시 무린을 바라봤다.

"오랜만에 들렸네. 하하, 이거 섭섭하구만."

"미안하네."

"친우끼리 미안하단 말이 어디 있나? 이렇게 봤으면 된 거지. 하하!"

"잘 지냈나?"

무린의 물음에 사내는 너털웃음을 터뜨렸다.

"그럼! 예쁜 아내도 얻었고, 애도 둘이나 낳고 오순도순 아주 잘 살고 있네. 하하하!"

"그거 다행이군."

무린은 즐거운 듯 웃었다.

"자네는 잘 지냈나?"

중년의 사내가 물어왔다.

무린은 웃으면서 고개를 끄덕였다.

"그럼, 나도 잘 지냈다네."

"하하, 그거 다행이군."

씨익.

무린이 했던 말을 그대로 따라 했기에, 무린은 피식 웃었다. 잠시 후 무린이 시킨 요리가 하나둘씩 나오기 시작했다.

중년 사내가 시킨 소면도 나왔다.

"자, 회포는 일단 이것부터 들고 푸세나."

"하하, 그렇게 하세."

무린이 먼저 말하자, 중년사내도 웃으면서 대답하고는 젓가락을 쥐었다.

'어허, 맛있군. 맛있어' 하면서 중년 사내는 정말 맛있게도 잘 먹었다.

후루룩 면발을 입 안으로 빨아들이고, 국물도 후후 불어 아주 깨끗이 비웠다.

　물론, 무린이 시킨 음식도 중간중간 집어먹는 걸 잊지 않은 사내였다. 무린은 참 넉살도 좋다고 생각했다.

　그러나 그게 나쁘지 않았다.

　이목을 피해야 하니 자연스럽게 행동해야 하는 건 반드시 배워야 이 바닥에서 정보원으로 살아갈 수 있을 것이다.

　그런 사정을 말 안 해도 아는 무린이니 바로 이해했다.

　"아따, 배야. 배부르네, 배불러. 하하. 여기 소면 맛은 언제 봐도 일품이라니까? 하하! 자네가 아주 잘 찾아왔네."

　"외관이 멋들어져 찾아왔을 뿐이네. 그런데 내가 정말 잘 골랐군그래. 하하."

　무린도 음식은 맛있게 먹었다.

　접선 중이라 입맛이 조금 없긴 했지만 요리의 맛은 그걸 넘게 만드는 힘이 있었다.

　그리고 음식의 섭취는 체력의 보충으로 직결된다.

　육포나 마른 건량으로 끼니를 때워왔던 무린이라 제대로 된 음식의 섭취는 필수였다. 전장에서부터 음식, 식량의 중요성을 뼈저리게 겪은 무린이라 음식을 남김없이, 모든 그릇을 깨끗하게 비웠다.

　"꺼어! 이거, 저녁은 내가 대접을 해야겠구만그래. 하하."

　"그럴 필요 없네. 나는 여기 있을 테니 또 이리로 찾아오시

게. 술잔이나 기울이게 말이네. 하하."

"알았네, 알았어. 오늘 아주 코가 비틀어질 때까지 마셔보세. 하하!"

스윽.

사내의 손이 호탕한 웃음과 함께 소면그릇으로 잠시 움직였다. 헤진 소매 사이로 하얀 종이가 보였다.

작업을 끝낸 사내가 다시 무린을 봤다.

그리고 입을 열려는 찰나, 객잔 문이 열리며 다른 사내가 들어섰다. 나이는 무린과 비슷해 보이는 그 다른 사내는 주변을 두리번거리다가 무린의 앞에 있는 사내를 발견하고는 형님! 하고 뛰어왔다.

"형님!"

"뭐냐, 아직 점심 시각인데?"

"큰일 났습니다! 큰일!"

"큰일? 무슨 큰일?"

서 있는 또 다른 사내가 발을 동동 구르며 대답했다.

"현장에서 기둥이 무너지는 사고가 났는데 동곤이가 밑에 깔렸습니다!"

"뭐라? 동곤이가? 이런!"

사내는 그 말에 곧바로 자리에서 일어났다. 그리고 무린을 보더니 미안한 얼굴로 말했다.

"미안하네! 내 급한 일이 있어서 먼저 일어나야겠네! 저녁에 보세나!"

"이런, 어서 가보게."

무린의 대답에 사내는 급히 다른 사내와 달려 나갔다. 그 사내를 보면서 무린은 슬쩍 주변을 훑었다.

자연스럽게.

객잔 안에는 두 탁자에 손님이 있었는데 이쪽을 잠시 주시하더니 다시 자신들끼리 대화에 빠져들었다.

의심스러운 구색이 없자 무린은 자리에서 일어났다.

그리고 탁자를 돌아 계산대로 가기 전 소면그릇을 툭 치고, 그 밑에 깔린 종이를 집어 품에 넣었다.

단 두 걸음 사이에 벌어진 일.

너무 빨라 누구도 제대로 확인하지 못했을 것이다.

계산대에서 계산을 끝낸 무린은 곧 이층의 자신의 객방으로 올라갔다. 문을 닫고 침상에 앉은 무린은 서신을 펼쳤다.

빼곡이 적혀 있는 검은 글자는 역시 현재 요녕성의 돌아가는 상황을 나타내고 있었다. 한 자 한 자를 정성들여 읽었다.

"음⋯⋯."

무린의 눈빛이 깊어지고, 살짝 벌어진 입술에서 무거운 침음(沈吟)이 흘렀다. 이곳에 적혀 있는 정보는 무린을 심각하게 만들기 충분했기 때문이다.

'도대체 무슨 생각이지……'

서신에는 심양의 바로 앞으로 마도육가가 집결하고 있다고 했다. 그 의도가 파악이 안 되는 무린이었다.

아니, 집결하는 이유야 뻔하다.

대회전(大會戰).

힘을 모아 모용세가를 단번에 박살 내겠다는 의도다. 근데 설마 이런 뻔한 공격을 해올까? 만약 모용세가가 후퇴하면 어쩌려고?

심양을 버리면, 모용세가는 당연히 굴욕이겠지만 그게 목숨보다 중요하진 않을 것이다. 반면 마도육가가 대회전을 노리고 속속들이 모이면, 전력이 노출된다.

그건 정보가 되어, 정도오가에게 대항할 수 있는 방책을 구할 구실이 될 것이다.

'군사의 존재……. 내가 잘못 생각했나?'

뛰어난 군사가 있을 것이라 생각했다.

당장 무린이라도 이런 방법은 쓰지 않을 것이다.

얻는 것보다 잃는 게 더 많기 때문이다.

'게다가 대회전을 벌인다고 하더라도 모용세가를 짓밟는다는 확신도 없다.'

창궁대가 이미 료중(遼中)을 지나쳤다고 적혀 있었다. 그렇다면 하루 이틀이면 심양으로 들어설 것이다.

애초에 합비성에서 창궁대는 비인, 혈사대를 쫓아갔다. 원래 직선으로 갔다면 비천대보다 먼저 도착했어야 했지만 하오문의 정보교란으로 창궁대는 하북에 들어섰다가 산서로 빠졌었다. 그 후 속은 것을 알고 다시 요녕으로 향한 것이다.

'하지만 합류는 한다. 창궁대가 합류하게 되면⋯⋯.'

모용세가 전체. 심양의 중소방파. 남궁세가의 무력타격대인 창궁대. 그리고 비천대가 모인 이상 마도육가도 장담할 수 없을 것이다.

'흑산에 모인 북원의 잔당은 창궁대의 진격을 막기 위한 것. 하나 창궁대는 그냥 지나쳐 버렸어. 아예 관심도 두지 않고.'

운삼은 어떻게든 북원의 잔당과 마도육가가 결탁했을 것이라 서신에 자신의 의중을 적어 놓았다.

그 말엔 무린도 동감했다.

아니라고 하기에는 시기가, 상황이 그렇게 생각할 수밖에 없게 만들었다.

'황실도 가만있지 않을 것이다. 왜지? 지금 이런 무모한 책략을⋯⋯. 그토록 자신이 있다는 건가?'

마도육가와 정도오가의 힘은, 앞서 말했듯이 거의 엇비슷하다. 비율로 나누자면 사점 오가 마도육가. 오점 오가 정도오가일 것이다.

물론 상황에 따라 오대 오, 사대 육, 육대 사가 될 수도 있기는 하지만 그래도 비슷하다는 것은 다름이 없다.

그건 사천성에서 만독문과 포달랍궁을 막아 내고 있는 사천당문의 저력만 봐도 알 수 있었다. 거기다가 현재 황보가, 제갈세가는 아예 건재하다.

팽가 또한 건재하다.

모용세가를 하나를 잡고자 전력을 소실하면, 승패는 정도 오가로 급격히 기울게 될 것이다.

그런데 대체 왜?

무엇을 얻고자?

'이런 무모한 결정을 한 거지…….'

음…….

생각에 깊게 잠긴 무린이다.

그러나 반각을 넘어 일각에 가깝게 생각을 해보아도 답이 나오질 않았다. 알 수가 없는 것이다.

도저히 그 속내를 말이다.

'소향이 있었더라면…….'

예전, 호왕의 난 때 한 번 도움을 준 소향은 그대로 자취를 감췄다. 듣기로는 진무관에 집적 왔었다고 했지만 곧바로 검란소저와 함께 난이 끝나자마자 장원을 떠났다고 했다.

목적지도 알려주지 않고 떠났기에 서신을 보낼 방법도 없었다. 큰 도움을 받고도 고맙다는 말조차 하지 못하게 만들어 서운하기도 했었고.

여하튼 아쉬웠다.

소향이 있었다면 적의 속내쯤은 단번에 파헤쳤을 텐데.

'소향의 생각은 하지 말자. 어차피 없다면 전력 외의 인물이니까.'

무린은 그렇게 생각하고 소향에 대한 생각을 머리를 흔들어 털어냈다. 그리고 다시 생각에 잠겼다.

그러나 역시.

모르겠는 무린이었다.

하지만 하나.

'흑산······.'

이곳은 어떻게든 해결해야 한다고 무린은 마음먹었다.

*   *   *

다음날 묘시 중순, 일층으로 내려온 무린은 이미 준비를 끝낸 팽가의 무인들을 볼 수 있었다. 그들을 이끄는 팽연성과 팽연화는 한쪽에서 식사를 이미 마치고 차를 마시고 있었다.

무린이 가까이 가자 싱긋 웃으며 팽연화가 말했다.

"편히 주무셨어요?"

"예, 두 분도 잘 주무셨는지요."

"그럼요. 세상모르게 잤답니다."

무린의 되물음에 팽연화는 가볍게 웃으며 대답했다. 무린은 고개를 끄덕였다. 말을 타고 이동하는 건 숙련된 기병들도 상당히 괴롭고 힘든 일이다.

보편적으로 무가의 무인들은 말을 기본적으로 다룰 줄은 알 것이다. 하지만 정예기병만큼은 못 다룰 것이다.

정예기병도 힘든 일이다. 팽가의 무사들이 버틸 리 없었다.

그리고 절정고수인 팽연성과 팽연화도 아마 신체적, 정신적으로 상당한 부담을 느꼈을 것이다.

'나도 어젠 세상모르고 잠들었지.'

심지어 무린조차 피곤에 지쳐 잠들었을 정도였다.

물론 비인의 살객, 그리고 광검 위석호와의 대결 때문인 게 피로의 주원인이지만 장시간의 기동(機動) 때문이기도 했다.

"식사하셔야죠?"

"예, 해야지요."

팽연화는 이제 무린이 편해졌는지 거침없이 말을 걸어왔다. 물론 평범한 말들이지만 사실 평범한 아녀자들은 이런 말조차도 잘 못한다.

하지만 팽연화는 강호의 여식.

그것도 팽가의 여식이다.

그 모든 것에서 자유로운 팽연화였다.

무린은 옆에 따로 앉아 요리를 시켰다. 조금 늦게 내려온 김연호와 연경이 무린의 앞에 앉았다.

"바로 심양으로 향하실 생각이십니까?"

차를 한 모금 마신 김연호가 물었다.

무린은 고개를 저었다.

"흑산에 들렀다가 간다."

"흑산 말씀이십니까?"

김연호는 지도를 이미 외웠다.

그래서 살짝 인상이 굳었다.

흑산.

검은 산이라는 뜻이다.

하지만 그냥 검은 게 아니라, 불길하다는 의미까지 포함하고 있는 곳이다. 왜인지 모르지만 흑산에 가면 그 이유를 똑똑히 알 수 있었다.

김연호는 한 번 들렀던 적이 있었기에 더욱 잘 알고 있었다.

"이유를 알 수 있겠습니까?"

김연호의 조용한 물음에 무린 역시 나직한 목소리로 대답했다.

"그곳에 원의 잔당이 숨어 있다."

"……."

북원의 잔당.

김연호의 눈빛에 순식간에 거친 기운이 담기기 시작했다.

매목을 당했던 숲 밑, 금주의 참극 현장을 이미 두 눈에, 머리에 담은 김연호다.

연경 또한 마찬가지다.

살기라고 불러도 좋을 눈빛으로 곧바로 돌변했다.

"기세를 갈무리해라. 아무 곳에서나 드러내는 건 좋지 않아."

무린의 차를 마시며 한 그 말에 김연호와 연경은 곧바로 고개를 숙였다. 무린은 대주다. 지금 건 명령이나 다름없으니 바로 시정하기 위함이었다.

"예, 죄송합니다."

다시 고개를 들며 대답한 김연호의 눈빛은 평상시로 돌아와 있었다.

"늘었군."

"영단 덕분입니다."

선덕제가 하사한 영단이 김연호를 일류, 그 끝으로 올려 주었다. 부족했던 내력이 받쳐주자 이제야 제대로 무인이 된 김연호다.

연경은 아직 그 밑이었지만, 김연호보다 서너 호흡 뒤에는 눈빛을 정상으로 돌리고 무린에게 고개를 숙였다.

연경도 많이 성장했다.

약효를 전부 흡수하지 못했지만 그건 시간이 해결해 줄 터다. 호흡… 즉, 숨으로 빠져나가지 않는다.

황실을 지키는 무사들.

고르고 골라 선발된, 금의위(錦衣衛)들을 양성할 때 사용되는 영단이다. 당연히 그 효과가 탁월할 수밖에 없었다.

그렇기 때문에 영단을 제조하는 방법도 상당히 까다롭다.

선덕제에게 무린이 원하던 영약, 그게 이리 오래 걸린 이유가 있었던 것이다. 어쨌든, 연경도 이제 시간이 지나면 자연적으로 강해질 것이다.

"소탕하실 생각이십니까?"

"그러려면 일단 적의 규모를 봐서 알아야겠지."

아쉽게도 운삼이 보내온 서신에는 흑산에 숨어든 북원의 잔당이 얼마나 되는지, 그 수와 병종(兵種)은 적혀 있지 않았다.

하지만 운삼이 굳이 서신에 적어 보낸 이유를 생각하면 가지 않을 수가 없었다. 적었다면 위협이 된다는 소리고, 적지 않았다면 위협이 안 된다는 소리다. 그러나 흑산에 북원의 잔당이 있다고 적어놓은 것이다.

이건 즉, 무린에게 판단하라는 소리다.

그래서 무린은 직접 확인하기로 마음먹은 것이다.

"그리고… 우리끼리는 무리다."

명확하게 하자면, 북원의 잔당을 상대해야 하는 건 대명제국이다.

하지만 이미 그럼 참상을 봤으니 개입할 여지는 충분하다. 그러나 병력이 부족하다. 김연호와 연경, 그리고 자신까지 셋으로는 절대 불가능하다는 걸 잘 알고 있는 무린이다.

하지만…….

"저희는 왜 빼시나요?"

"아, 죄송합니다. 팽가 분들의 임무는 북원의 잔당을 퇴치하는 게 아닌 걸로 알아서 그랬습니다."

무린은 가만이 고개를 숙여 사죄했다.

하지만 맞는 말이었다.

팽가는 무가.

안 나서도 되는 일이고, 오호대와 사자대가 팽가의 문을 박차고 나온 이유는 모용세가의 구출이다.

북원의 잔당과 부딪쳐 힘을 쓸 이유가 없다.

"그럼 광경을 보고도 그냥 넘어가면… 팽가는 정도의 깃발을 부러뜨려야지요."

무린의 말에 대답한 건 팽연성이었다.

그의 조용한 말은 그의, 그 옆의 팽연화와 그 뒤에 있던 모든 평가 무인의 의지를 대변하는 것과도 같다.

무린은 고개를 끄덕였다.

오호대와 사자대가 도와준다면?

'가능하다.'

하지만 하루빨리 모용세가로 가야 하는 무린이 왜 흑산에 숨어든 북원의 잔당을 신경 쓸까. 그건 알 수 없어서였다.

마도육가와 북원의 잔당이 결탁했다면, 어쩌면 대회전 때 옆구리와 뒤통수를 제대로 맞을 수도 있었다.

물론 심양군부가 가만있지 않겠지만 무린은 안다.

원의 정예기병이 이삼백만 있어도 얼마나 무서운 파괴력을 발휘하는지 예측하기도 힘들다. 그들은 사실 무인이라고 봐도 좋다.

내력까지 갖춘 기마병.

혈사대와 비슷하지만 다르다.

그리고 사실, 비천대의 기준이 되기도 한 게 원의 정계기병이다. 북원의 정예기병은 근접전은 물론 원거리전도 무지막지하게 강하다.

특히 목표 주변을 빠른 속도로 회전하며 쏘아대는 기사(騎射)는 가히 신기(神技)에 가깝다고 봐도 좋다.

그렇게 기사로 진열을 무너뜨리고 거대한 마상무기를 들고 돌격해서 적을 쳐죽이는 게 북원의 정예기병들의 방식이다.

무린도 직접 경험한 적이 있었다. 사실 그 당시 살아난 것은 정말 천운 중의 천운이었다. 기적이라고 해도 모자라지 않을 것이다.

이백의 정예기병에서 일천의 보병군단이 작살이 났다. 전멸까지 걸린 시각은 거의 반 시진이 조금 넘었다.

겨우 살아 퇴각한 게 이백 정도.

팔백이 죽어나가는데 걸린 시간이 겨우 반 시진이라니, 그야말로 무시무시하다고밖에 할 수 없었다.

그런 북원의 정예기병이 마도육가와 손을 잡고, 결정적일 때 급습한다면? 무방비로 아마 진형에 커다란 대로(大路)가 뚫릴 것이다.

대로가 뚫린다는 건 진형이 흐트러진다는 것이고, 진형이 흐트러진다는 건 대회전 상황이면 십이면 십 패배로 이어질 것이다.

그래서 무린이 흑산으로 가는 것이다.

혹시 모르니까 말이다.

'만약 정말 손을 잡았다면?'

심양군부에 연락을 하든 어떻게 하든 해서 먼저 밀어버려야 한다. 보병이면 좋겠지만, 아쉽게도… 무린은 그렇게 생각하지 않았다.

'금주에 나타난 기병 이삼백. 금주가 적지 않은 현인데

도……'

모조리 쓸어버렸다.

이삼백이서 그 몇 배가 넘는 인원이 살던 현을 아예 초토화를 시켜버린 것이다. 그것도 수비병까지 전부 죽이고 말이다.

일반 기병으로는 그렇게까지는 불가능하다.

사람을 죽이는 것도 힘을 요구하는 것.

일이란 소리다.

체력이 빠진다는 말이다.

그런데 겨우 이삼백이 천 이상을 도륙했다.

그리고 단 하나의 희생자도 남기지 않고 유유히 빠져나갔다. 그 점이 무린으로 하여금 북원의 정예기병이 필시 왔을 거라고 생각하게 만들고 있었다.

"흑산으로 가실 건가요?"

"일단 가보려고 합니다."

"그곳에 원의 잔당이 있으면요?"

"상황을 봐서… 쳐야겠지요."

"수가 너무 많으면요?"

팽연화가 꼬리를 물며 물어왔다.

무린은 가만히 팽연화를 바라봤다.

날카로운 눈빛, 무언가 속내를 감추고 있을 법한 눈빛이다.

그러나 무린은 다시 입을 열어 대답했다.

"심양의 군부에 알릴 생각입니다. 하지만 이 모든 게 흑산에 원의 잔당이 있을 때 얘기지요."

"자신 있는 말투로 얘기하시던데요? 이미 그곳에 있는 걸 알고 계신 것 아닌가요?"

"……."

무린은 알아차렸다.

이 여자, 팽연화도.

아니, 하북팽가도…….

'의심하는군.'

황보가가 그랬는데, 팽가라고 다를 바가 없었다. 아니, 사실 생각해 보면 당연한 일이었다. 황보악이 그렇게까지 말했는데 생각하지 않은 무린이 오히려 이상하다고 봐야 했다.

'정보, 그리고 그 출처. 팽가도 독자적으로 연락을 주고받고 있군.'

지령이 떨어졌을 것이다.

산해관에서 받았든, 아니면 이곳 북녕에서 받았든, 어떤 지시는 분명히 받았을 것이라고 무린은 생각했다.

무린은 넓게 봤다.

그 이유를 찾기 위함이다.

그저 황보가와 같은 이유인지, 아니면 또 다른 이유가 있는지.

한 가지가 떠올랐다.

'내가 만약 적이라면? 똥줄 타겠군…….'

적의 손에 이끌려 전장으로 가고 있다.

범의 아가리에 머리를 집어넣는 것과 하등 다를 게 아무것도 없는 일인 것이다. 그러니 의심은 당연한 일이다.

그러나 당연한 일이라고, 무린이 그걸 해명하고 싶은 생각은 결단코 조금도 들지 않았다.

"자신합니다. 현재 흑산에 숨어 있든지, 아니면 그곳을 거쳤든지. 둘 중 하나는 분명할 겁니다."

무조건 '있을 것이다. 그리고 있었을 것이다'도 될 것이다.

"어디서 얻은 정보인지 물어도 될까요?"

"안 됩니다."

팽연화가 던진 그 물음을 무린은 단칼에 거절했다. 운삼의 존재는 비밀이다. 그는 이미 남궁세가에 공작을 가하고 있다.

그렇기 때문에 비밀이어야 하는 것이다.

그의 존재가 드러나면, 남궁세가가 가만히 있지 않을 것이기 때문이다.

"음……."

팽연화는 생각에 잠겼다.

무린은 그걸 보며 팽가주가 했던 말이 정말, 완전히 사실이란 것을 알아차렸다.

팽연성은 몰라도, 팽연화는 진짜 너무 티가 난다.

'경험이 없는 정도 아니라, 아예 하나도 없는 거군.'

온실 속의 화초처럼 자랐다는 말은 진짜 사실이었던 것이다.

휴우.

팽연성이 한숨을 쉬며 고개를 저었다.

팽연화가 한 짓을 아마 그는 알아차렸을 것이다. 팽연화는 그저 물은 것 같지만, 이미 무린이 의심하기 시작했음을 팽연성은 알았다. 동갑내기 사촌이지만 둘은 확실히 달랐다.

팽무도와 팽무성이 다른 것처럼 말이다.

생각에 잠긴 팽연화를 잠시 보다가, 다시 무린을 바라본 팽연성은 입술을 달싹 거렸다. 그러나 이내 닫혔다.

그걸 보는 무린은…….

'거기서 거기군.'

차라리 변명을 하든가, 아니면 아예 입술조차 달싹 거리지 않고 입을 싹 닫든가, 둘 중 하나를 제대로 했어야 했는데 팽연성은 어중간하게 대처했다.

아마 변명을 하려다가, 마땅한 대답을 찾지 못해 그냥 다문 것이다.

황보악과는 달랐다.

무린은 그와 대화를 시작하고, 맨 끝에 가서야 겨우 눈치챘다. 그가 자신을 의심하고 있음을. 하지만 이들은 곧바로 티가 난다.

이유는 역시 경험의 차이다.

황보악은 예전부터 어둠 속에서, 남들은 모르는 강호의 음지에서 마도육가와의 싸움을 계속해 왔다.

그것도 죽고 죽는 치열한 싸움을 말이다.

그러니 의심은 어쩌면 그의 일부가 되었을지도 모른다. 상황을, 지형을, 사람을 의심하고 또 했어야 하니 말이다.

그래서 그렇게 자연스러워 무린이 겨우 알아차린 것이다.

반대로 이 둘은 아예 없다.

어떻게 보면 순수 그 자체라고 봐도 좋은 상태였다.

그렇다면 전에는 왜 안 났을까?

이들과 대화를 한 게 한두 번이 아닌데 말이다.

무린은 그 이유도 깨달았다.

'여기서 받았군. 나를 캐보라는 지령을.'

그러니 이렇게 티가 나게 행동한 것이다.

그렇군, 그래.

무린은 속으로 고개를 끄덕이며 확신했다.

그러다 이내 속내를 감추고 물었다.

"같이 흑산으로 가시겠습니까?"

툭 내던지듯이.

무린의 숨은 함정이 담긴 말.

"음……,"

또다시 고민하는 팽연화.

무린은 피식 웃었다.

아예, 쐐기를 박아버리는 팽연화였다.

팽연성은 골을 짚고 말았다.

그게 웃겨 피식 실소가 나오려 했으나 눌러 참은 무린은 팽연성을 바라봤다.

"휴우… 같이 가기로 하겠습니다."

그리고서는 고개를 절레절레 흔드는 팽연성이었다.

무린은 고개를 끄덕인다.

때마침 요리가 나왔고, 젓가락을 들고 숙여지는 무린의 입가에서 결국 피식하고 헛웃음이 나오고 말았다.

이 순수한 두 남매를…….

어쩌자고 보냈습니까.

팽무도를 생각하며 한숨을 쉬는 무린이었다.

                                  *   *   *

　워워.

　무린이 말을 멈춘 곳은 흑산을 반나절 남겨둔 거리에서였
다.

　팽연성과 팽연화가 무린의 옆으로 이동해 왔다.

　"왜 멈추셨죠?"

　"여기서부터는 전방을 철저히 조사하고 가야 합니다."

　"아, 우리의 정체를 들키지 않기 위해서요?"

　"맞습니다."

　무린은 그렇게 대답하고, 김연호와 관평을 불렀다.

　앞으로 다가온 둘에게 무린은 명령을 내렸다.

　"먼저 들어가라."

　많은 의미가 함축된 명령이었지만 김연호와 연경은 둘 다
그 속뜻을 전부 눈치챘다.

　말에서 내린 둘은 빠르게 앞으로 달려 나갔다.

　김연호와 관평이 사라지자 무린은 팽가의 두 남매를 보며
말했다.

　"인원을 열 내외로 추려주십시오. 선행정찰을 가겠습니
다."

　"선행정찰이요?"

"네, 일단 소수의 인원으로 흑산을 먼저 둘러보고 올 생각입니다."

"아, 알겠어요."

무린의 말에 둘은 두 말없이 인원을 뽑았다.

안목과 발이 빠른 자들을 우선으로 뽑는 걸 보고 무린은 아예 아무것도 모르지는 않다고 생각했다.

잠시 후 무린까지 열한 명이 추려졌고, 남은 오호대와 사자대는 주변으로 각기 조를 이뤄 흩어졌다.

일각이 지났을 무렵, 무린의 입이 떨어졌다.

"출발하겠습니다."

"……"

낯빛을 굳히고 고개를 끄덕이는 그들을 보고 무린은 곧바로 몸을 날렸다.

사삭.

소리도 없이 몸을 날리는 무린의 뒤로 팽가의 무인 열이 따라 붙었다. 지면을 밟는 소리가 거의 들리지 않는 걸 확인한 무린은 만족스러운 표정으로 고개를 끄덕였다.

내력을 다루는 무인들은 당연히 청각도 상당히 발달하게 된다.

아니, 청각뿐만이 아닌 오감 전체가 발달한다.

그리고 특정 내가공부의 유무와 절정 경지 이상 들어서면

여섯 번째 감(感)마저 슬슬 생성되기 시작한다.

상단전이 열리기 때문이다.

그런 무인들은 작은 소리도 금방 잡아낸다.

무린처럼 말이다.

'설마……'

무린은 그래서 속으로 기도했다.

상단을 연 무인, 혹은 특수한 공부를 읽힌 자들이 없기를 말이다.

슥.

무린은 잠시 자리에 멈춰서며 손을 들었다. 그러자 뒤따르던 팽가의 무인 전부가 즉시 멈춰 섰다.

"……"

작은 바위 그 밑둥에 새겨진 상처를 자세히 살피는 무린이었다. 이리저리 마구 파헤쳐진 것 같지만 무린에게는 아니었다.

흑식(黑式).

북방, 그중에서도 척후병들이 쓰는 게 흑식이다. 물론 지금은 바뀌었을 테지만 지금의 흑식은 이미 비천대가 다시 정립해서 공유하는 흑식이다.

'전방 이상 무.'

아무런 탈이 없다는 뜻이다.

무린은 다시 손을 천천히 들어 앞으로 까닥였다.

그리고 자신이 먼저 몸을 날렸다.

그런 무린의 뒤를 다시 따라오는 팽가의 무인들 역시 얼굴은 점차 긴장이 자리 잡기 시작했다.

이곳에 왜 왔는지는 이미 그들도 알고 있다.

혹시 모를 위험을 사전에 차단하기 위함이다.

그러니 당연히 교전도 염두에 둬야 했다.

일각을 더 달렸을 때 무린이 다시 멈췄다.

이번엔 꺾여 부러진지 오래된 나뭇가지를 살피는 무린의 시선에는 동그란 원 안에 작은 화살표가 표시되어 있는 것이 들어온다.

이번에도 역시 이상이 없다는 뜻이었다.

무린은 나뭇가지를 손에 쥐고 내공을 끌어올렸다.

지익!

내력이 힘으로 나뭇가지의 표면이 타버렸고, 표식의 모양은 사라졌다. 첫 번째는 그냥 지나쳤지만 두 번째는 지웠다.

누구를 의식해서?

당연히 뒤에서 따가운 눈초리를 보내고 있는 팽가의 무인들 때문이었다.

슥.

무린은 손짓하고 다시 달렸다.

일각을 달렸다 멈추고, 다시 뛰다가 일각이 지나 멈추고. 거의 열 번을 반복했을 때 팽연화가 이글이글 불타는 눈빛과 목소리로 무린에게 말했다.

"이봐요. 이제 슬슬 그만하시죠?"

"⋯⋯."

무린은 뒤로 돌아 팽연화를 바라봤다.

바짝 굳은 팽연화의 얼굴이 보였다.

"무슨 소립니까?"

자연히 무린의 입에서 나가는 목소리도 곱지 않았다.

"유인책, 이미 들통 났으니 그만하시라고요."

"⋯⋯."

무린의 얼굴이 요상하게 일그러졌다.

유인책?

아⋯⋯.

무린은 피식 웃고 말았다.

第七十一章

악마기병(惡魔騎兵)

귀환병사

'괜히 끌고 왔군.'

애초에 팽가의 두 남매는 무린을 의심하고 있었다. 아니, 얼마 전 북녕에서 의심하라는 지령을 받은 상태였다.

그런데 무린은 이들을 따로 떼어내서 흑산으로 향하고 있었다. 점점 멀어질수록 의심과 불안이 가중되고 있었을 것이다.

'누가 봐도 오해하겠어.'

깨끗하게 인정했다.

무린은 심지어 자신도 이런 상황이라면 오해할 만하다고

생각했다.

얼굴이 자연스럽게 찡그러졌다.

북녕의 객잔에서는 오해를 풀 생각을 버렸다.

굳이 그럴 필요를 못 느꼈기 때문이다.

그러나 지금은 아니었다.

작전 중이다.

이런 사소한 오해가 목숨으로 직결 될 수 있는 결정적인 역할을 할지도 모른다는 걸 무린은 잘 알았다.

'이걸 어떻게 푸나……'

절로 한숨이 나오는 상황이다.

"대답하세요. 우리를 따로 데려가서 어떻게 하실 작정이죠?"

하아.

팽연화의 그 말이, 무린에게 너무나 큰 짜증을 불러왔다. 촌각도 아까운 마당에… 혼심이 돈다.

<u>스스스스.</u>

살갗에 소름을 자연스럽게 생성하는 감각과 함께 무린의 마음 어딘가에서 기어 나온 혼심은 또 제멋대로 마음에 작용하기 시작했다.

"돌아가십시오."

"뭐라고요?"

"돌아가라 했습니다."

"……."

싸늘히 나오는 무린의 말에 팽연화는 물론 팽연성, 그리고 그 뒤의 팽가 무인들 얼굴이 전부 확 굳어버렸다.

"이봐요!"

"……."

팽연화의 목소리가 고성으로 변했다.

그에 무린의 얼굴에 짜증이 가득 베였다.

"지금 작전 중이다."

"뭐라……."

팽연화가 다시 어이없는 목소리로 대답하려는 찰나, 무린의 얼굴은 완전히 굳었다. 그리고 낮게 한마디를 내뱉었다.

"주둥이 닥치라고."

"……."

어이가 없다.

그런 표정이었다.

하지만 그러거나 말거나 무린은 할 말을 계속했다.

"북녕에서도 나를 오해하는 걸 알았다. 하지만 그냥 넘어갔지. 당신이 너무 어설퍼서."

"……."

무린의 말에 팽연화의 눈빛도 살짝 변했다.

무겁고, 예리해지기 시작했다.

"하지만 상황이 상황인지라 참았다. 지금도 마찬가지다. 작전 중이라 웬만하면 오해를 풀고 싶었다. 그런데 당신… 대가리가 안 돌아가는 군."

"……"

우드득.

팽연화의 주먹이 쥐어지며 거친 소리를 냈다.

"이곳은 적진이다. 은밀하고 또 은밀해야 하지. 그런데 당신은 소리를 치는군. 왜? 아주 적에게 '나 여기 있소' 하고 소리를 치지 그러나? 경험이 아무리 없어도 그렇지, 그렇게 상황파악이 안 되나?"

"그건 당신이……"

"변명이라도 하려고?"

그러나 무린이 그걸 들어줄 리가 없다.

"뒤늦게 깨달아놓고 뭐? 슬슬 그만? 데려가서 어떻게 할 거냐고? 멍청한 것도 정도가 있어야 하는 것 아닌가?"

"……"

팽연화의 얼굴도 완전히 굳었다.

스릉.

그녀의 허리에 걸려 있던 도(刀)가 끌려 나온다. 그러나 끝까지 나오지 못했다. 탁 소리가 나게 팽연성이 팽연화의 손을 잡아 막았기 때문이다.

"어쩔 수 없었습니다."

"어쩔 수 없다고? 그걸로 전부 해결이 되는 건 아니라는 걸 알 텐데? 다른 말 하지 않겠다. 나를 믿지 않는 사람과 동행하는 건 사양이다. 돌아가서 심양으로 가라."

완전히 달라진 기도와 말투, 그리고 명령조의 말은 이미 무린이 이들에게서 마음이 떠났다는 걸 의미했다.

그걸 아는지 팽연성이 난처한 웃음을 흘렸다.

"……."

팽연화는 아직까지 노려보고 있다.

그러나 그녀는 무린의 기준으로 양호한 편이다. 비담 같은 경우도 있건만 팽연화는 모욕에 가까운 말을 들었음에도 참고 있다.

그리고 그다지 좋지 않은 머리로 생각하고 있을 것이다.

자신이 옳은지, 무린이 옳은지를 말이다.

그렇거나 말거나, 무린은 이미 마음의 결정이 섰다.

"돌아가라. 그리고 따로 심양으로 가라. 동행은 여기까지다."

"후우……."

무린의 말에 팽연성은 한숨을 쉬었다.

사실 그도 무린을 의심했다. 아니, 의심이라기보다는 세가의 지령이니 의심하려고 했다. 그러나 그의 기준으로 봤을 때 무린은 나쁜 사람이 아니었다. 정체를 숨긴 악한이 아니었다고 생각한다는 뜻이다.

손속이 잔인하다?

비인의 살객을 모조리 죽였기 때문에.

죽이지 않으면 죽는 전장에 잔인한 건 결코 나쁜 게 아니다. 그렇다고 무린이 그들을 처참하게 죽인 것도 아니다.

일격필살(一擊必殺).

모조리 깔끔하게 저승으로 보내버린 무린이다.

이미 그때 뒤늦게 숲에 들어서면서 살객의 시체를 살펴본 팽연성이다. 그것만 봐도 무린이 마성에 젖지 않았다는 걸 알 수 있었다.

또한 살객을 상대하는 방법까지 알려줬다.

이미 팽연성은 무린을 나쁘지 않게 보고 있었다.

하지만 가문에서는 의심하라고 하니, 그걸 따르지 않을 도리도 없었다. 그러니 이러지도 못하고 저러지도 못하는 난감한 상황인 것이다.

다만 다혈질 기질이 있는 팽연화는 무린을 바로 의심부터 했다. 그 결과, 사이는 이미 틀어지고 말았다.

그때였다.

"음……."

무린의 얼굴이 심각하게 굳었다.

두드드.

발바닥을 타고 올라오는 진동.

대지가, 지축이 울리는 이 진동은… 이 소리는.

그것도 전면을 포함해서 좌우에서 들려오고 있었다.

또한, 무지막지한 속도로 좁혀오고 있었다.

"도망가!"

무린은 그렇게 외치고 곧바로 왔던 길을 되돌아 달리기 시
작했다. 팽연성은 물론 팽연화도 느꼈고, 무린의 고함이 터지
자마자 뒤돌아 달리기 시작했다.

기병이다.

이렇게 빨리 포위진을 형성하고 좁혀올 수 있는 건 기병밖
에 없었다.

의문이 들었다.

'김연호는? 연경은 어떻게 된 거지!'

여기서 멈출 때까지, 혹식에 이상은 없었다. 그렇다면 무사
하다는 뜻인데… 어째서? 언제부터 포위된 것일까?

아니, 그 이전에.

'무사해라!'

수하를 두고 도망을 치는 무린이었다.

그 순간 벼락이 치듯, 정수리로 날카로운 무언가가 내리 떨

어졌다.

'도망? 내가 수하를 버려두고?

미친…….

일그러지는 무린의 얼굴이다.

'혼심인가? 아니야…….'

기병의 지축 울리는 진격소리를 느끼자마자 터진 외침이
다. 그렇다면 그건 순수하게 무린의 마음이었다는 뜻이다.

'미쳤구나. 진무린!'

타다닷.

멈춰서는 무린의 신형이 회전하고, 곧바로 전방으로 쏘아
지기 시작했다. 입술을 질끈 깨문 무린은 더욱 무풍형을 끌어
올렸다. 순식간에 극한으로 치달은 무풍형은 이내 무린의 신
형을 흐릿하게 만들었다.

'정예기병인가? 크윽…….'

거리는 순식간에 좁혀진다.

무시무시하다.

피부에 와 닿는 적의 기파가 무린의 뇌리로 한 장면을 떠올
리게 만들었다.

북방.

내몽고를 넘어서 그 지명조차 알지 못하던 곳에서 벌어진
전투다.

무수히 많은 화살이 날아들었다.

곡사는 물론 직사까지 날아들었기에 중앙, 전면, 후방 할 것 없이 마구잡이로 떨어진 화살들은 방패를 가볍게 꿰뚫고 그 안의 육신을 파고들었다.

비명이 난무했고 혼돈, 공포가 순식간에 조성되어 이성을 마비시켰다.

사격이 멈춘 후, 기병 이백이 송곳대형을 만들어 보병을 학살했다. 죽고, 죽이고, 또 죽이고. 계속해서 죽어나갔다.

푸르스름한 예기에 휩싸인 원의 기병이 휘두른 무기는 그 어떤 것으로도 막지 못했다. 방패는 물론 성인 허벅지만 한 통나무로 엮어 만든 목책조차 가볍게 베어버렸다. 아니, 부숴버렸다는 표현이 더욱 정확할 것이다.

단 반 시진 만에 진지는 물론 병력 전체가 거의 전멸했다.

살아 돌아간 병력이 겨우 일이할 정도였던가?

'정예기병……'

확실해졌다.

이들은 북원의 정예기병(精銳騎兵)이다.

그들은 다른 이름으로 부르지만, 대명의 군부는 그들을 단순히 '정예기병' 이렇게 불렀다. 물론 무서운 부대명이 되어 전군에 퍼지는 걸 막기 위해서였다.

정예기병, 정예기병이라 하지만……

사실 병사들은 정예기병을 이렇게 불렀다.

악마기병(惡魔騎兵).

다만, 이렇게 부르다가 걸리는 순간 목이 떨어졌다.

그래서 입에 붙은 게 정예기병이었다.

'빌어먹을……'

그때 느꼈던 그 기파.

확실하다.

저들은 북원의 정예, 악마라 불리는 기병군단이었다.

끼하하하하하!

괴상한 웃음소리가 천지를 울리며 퍼졌다.

짜릿!

피부에 소름이 돋는다.

북원의 잔당, 그들이 가진 특유의 전투함성이다. 청각의 자극을 시작으로, 오감, 종내에는 심, 령을 마비시키는…….

두드드드!

이제는 귀에도 천둥처럼 진동 소리가 들려오기 시작했다.

두렵다.

심장은 물론 온몸으로 공포의 감정이 번져 나갔다.

스사사사사.

죽는다.

죽어!

흐히히히히!

혼심이 덩달아 속삭이기 시작했다.

요악(妖惡)한 혼심(混心)의 목소리다.

으득!

그에 무린은 달리는 와중에도 혀끝을 씹었다. 까득 하는 소리와 함께 비릿한 피 맛이 혀를 타고 목으로 넘어갔다.

그에 일순간 트이는 정신.

기이잉!

그 기회를 노리지 않고 이륜이 벼락처럼 회전한다.

깨끗한 청명수가 머리를 씻으려 하나, 구정물을 만나 같이 흐려졌다. 하지만 처음 구정물만 있었을 때보다는 그래도 깨끗하다.

전투의 의지가 되살아났다.

'이정도면… 족하다!'

타다닷.

투웅!

어느새 무린의 손에 들린 철창이, 빛살이 되어 공간을 꿰뚫으며 나갔다.

비천객이 전장에 들어선 순간이다.

　　　　　＊　　　　　＊　　　　　＊

　가가각!

　푸각!

　삼류의 내력을 가득 담은 무린의 철창이 정면의 궤도에 있던 북원의 기병의 가슴을 그대로 뚫고 수직으로 대지에 박혔다.

　막은 소리는 났지만, 역시 삼류공이 가진 관통의 특성을 이겨내지는 못했다. 무린의 창을 막고 싶으면 정면으로 막으면 안 된다.

　빗겨 쳐내야 한다.

　그게 정답인데, 정답으로 행동을 하지 않았으니 결과는 죽음뿐이었다.

　히히힝!

　바닥에 떨어진 주인 때문인지 좀 전 무린의 공격을 받고 죽은 기병이 타던 기마가 그 자리에서 멈춰 섰다.

　그러나 다른 기병들은 멈추지 않았다.

　슈아악!

　순식간에 가까워진 거리에서 북원의 정예 기마병이 그대로 잘 벼려진 마상대검을 무린에게 뿌렸다.

그것도 좌, 우에서 날아온 연계공격이었다.

하나는 무린의 상체를, 다른 하나는 무린의 하체를 노리고 들어오는 그 공격을 보며 무린은 이를 악물었다.

무시무시한 기세로 떨어지는 그 연수합격을 무린은 막지 못하겠다고 판단했다. 하지만 멈출 수도 없다.

타다닷!

속도를 멈추지 않는 무린이었다.

기잉!

삼륜공의 경고성을 발했고, 그 경고를 받아들인 무린의 신형이 살짝 떴다.

그리고 몸을 일자로 머리가 앞으로 다리가 뒤로 곱게 펴졌다가 슬쩍 비틀리더니 곧 회전을 시작했다.

그가각!

후웅!

스각!

하체를 노리고 오던 마상대검은 지면을 거칠게 긁고 지나갔고, 상체를 노리고 오던 공격은 무린의 어깨에 가느다란 상흔을 만들고 지나쳤다.

완벽하지는 않지만 결국은 피해낸 무린이다.

하지만 과연, 북원의 정예기병이라 할 만했다.

첫 일격에 무린에게 상처를 만들어냈다.

일류으로 보호했으면 튕겨냈겠지만 무린은 회피행동 중이었다. 그 찰나의 시간에 이루어진 회피 중에까지 일류을 가동시키는 건 아직 무린에게도 무리였다.

바닥을 구른 무린은 그대로 다시 일어나 달렸다.

포위를 좁혀온다.

갇히는 순간 미래가 없다는 걸 무린은 잘 알았다. 기병의 포위, 차륜전이 얼마나 무서운지 무린은 이미 지겹도록 겪었다.

타다닷!

저 멀리 말 한 마리가 보인다.

무린이 처음 투창으로 죽인 북원의 기병이 타던 말이다. 달리던 와중에 대지에 박힌 창을 회수한 무린은 곧바로 말에게 쇄도했다.

그리고 곧바로 올라탔다.

두드드!

어느새 뒤쪽에서 소리가 들린다. 대지가 진동하는 감각이 적나라하게 느껴졌다. 돌아보지 않아도 알 수 있다.

북원의 기병이 어느새 선회해 다시금 돌격해 오고 있는 것이다.

히히힝!

히이이잉!

주인이 아닌 탓인지, 기마가 거칠게 투레질을 하며 발광을 했다. 한시가 급한 지금, 이런 상황은 좋지 않다.

기이이잉……!

삼륜공을 극으로 끌어올린 무린.

"가만히 있어……!"

쩌렁!

붉은 갈기를 잡아당기며 천지가 떠나가라 외쳤다.

극한의 내력을 동반한 외침과 살기까지 고스란히 담겨 있는 무지막지한 기세에 기마가 순간 행동을 멈췄다.

압도적인 기세로 무린이 찍어누른 탓이다.

"달려!"

저도 모르게 마음을 담은 외침을 토해내고, 고삐를 잡고 옆구리를 발로 찼다. 하지만 그럼에도 머뭇거리는 기마였다.

주인 때문인가?

인상을 찡그린 무린이 다시 내력을 끌어올렸다.

후우웅!

"달려……!"

쩌렁!

끔찍한 살기가 담긴 그 외침이 터지고 나서야 달가닥거리던 기마가 앞으로 달리기 시작했다.

히히힝!

구슬픈 울음이다.

마치… 주인을 놓고 가는 자신의 신세를 한탄하는 것 같았다. 결국 무린은 악역이었지만 그런 걸 따질 상황이 아니었다.

어느새 십장의 거리까지 다가와 있었다.

그 거리는 순식간에 구, 팔, 칠, 육…… 빠른 속도로 줄어들었다. 하지만 정예기병이 쓰던 기마다.

과연 정예가 쓰던 말인지 뛰어난 전마(戰馬)였다. 어느새 쭉쭉 나아가더니, 탄력을 받고 가속하기 시작했다.

두드드!

거리는 오장.

그러나 좁혀지지 않았다.

그 순간.

핑!

가냘픈 소음이 들렸다.

그러나 그 소음이 들린 그 순간 삼륜공은 다시금 요동쳤다. 무언가, 무린의 뒤통수를 노리고 무시무시한 속도로 날아오고 있었다.

'……!'

무린은 즉각 고개를 숙였다.

삭!

숙인 무린의 머리 위, 한 치, 딱 한 치의 차이로 화살이 스쳐 지나갔다. 그걸 느낀 무린의 전신에 소름이 확 돋았다.

'악마기병의 기사(騎射)!'

명군(明軍)을 공포에 떨게 만들었던 그 무시무시한 북원의
악마기병의 기사가 무린을 노린 것이다.

핑!

피빙!

다시금 활시위 튕기는 들렸다.

'세 발! 못 피한다!'

무린은 즉각 삼륜공을 돌리고 상체를 왼쪽으로 틀었다. 반
이상 틀어졌기에 무린의 상체는 후방을 바라봤다.

기잉!

'머리! 가슴 두 발! 거기다가 시간차!'

시간차까지 있다.

마치, 무린의 뒤로 돌을 걸 예상이라도 한 합격사(合格射)다.

기잉!

무린의 이마로 현신하는 삼륜.

무린의 좌수로 이동하는 일륜.

그리고 순간, 이륜의 반응을 초고도로 끌어올린다.

집중하고, 또 집중하는 무린이었다.

깡!

펴지듯 휘둘러진 좌수가 머리를 노리던 화살을 쳐냈다. 그

직후 좌수가 다시금 자신이 왔던 공간을 거슬러 갔다.

접히듯, 쓸어내듯 회수하는 그 동작에 까강! 소리가 나며 가슴을 노리던 화살 두 발도 튕겨 나갔다.

그때.

'어……?'

무린은 위화감을 느꼈다.

무언가 날아온다.

소리 없는 무언가가…….

무린은 급히 일륜을 끌어올렸다.

그그극……!

퍽!

"컥……!"

화살 한 발이 무린의 어깨에 그대로 틀어박혔다.

느끼지도 못한… 무영사(無影射)였다.

먼 거리지만, 비릿한 미소를 품은 기병이 하나 보인다.

'저건…….'

투구에 달린 뿔이 보였다.

삼각(三角).

조장(組長)급이었다.

그들의 무력은… 최소 절정.

최소에 최소로 잡아도 이미 절정을 넘어선 무인일 것이다.

까드득!

무린의 얼굴이 거칠게 일그러졌다.

*　　　　　*　　　　　*

화살이 어깨에 박히며 엄청난 통증이 무린의 뇌리를 거칠
게 휘둘렀다. 화살에 담겼던 힘은 무린의 신형을 흔들었다.

"크윽……"

하지만 무린은 넘어지지 않았다.

그러나 흘러나오는 신음을 막지 못했다.

까드득!

이가 절로 갈렸다.

끔직하다.

정말 지독히도 끔찍한 통증이다.

그극.

기묘한 감각까지 느껴졌다.

질주 중이기에 위아래로 흔들릴 때마다 어깨에 박힌 화살
이 뼈를 긁기 시작한 것이다. 그것은… 아찔했다.

수백, 수천 마리 개미가 어깨뼈와 근육 위를 행군하는 느낌
이었다.

하지만 이것도 그나마 다행이었다.

'조금만 늦었으면⋯⋯.'

악마기병의 조장이 쏜 화살이다. 맨몸이라면 육체를 아예 꿰뚫고 반대로 관통해 나갔어도 이상한 일이 아니었다.

하지만 화살은 어깨에 처박히는 걸로 끝났다.

일륜의 공능 덕분이었다.

위화감을 느낀 그 순간 일륜을 다급히 끌어올리지 않았다면 아마 무린은 어깨에 휑하니 구멍이 뚫렸을 것이다.

그러나 통증은 어마어마하다.

근육이 갈가리 찢어진 것 같았다. 욱신거리는 걸 넘어, 불에 달군 쇳덩이로 살가죽을 벗기고 근육에다가 낙인을 찍는 느낌이었다.

'어서 숲으로⋯⋯!'

무린은 전방의 검은 산.

흑산으로 내달렸다.

평야에서 수조차 파악 안 되는 북원의 악마기병을 막는 건 정말 미친 짓이다. 산 속으로 들어가야 그나마 생존 확률이 높아질 것이다.

'김연호⋯ 연경! 살아만 있어라! 내 반드시 구해주마!'

쉽게 죽지 않았을 것이다.

그들은 비천대.

이런 경험은 수도 없이 겪은 녀석들이다.

무린은 믿었다.

하지만 지금 당장 걱정해야 하는 건 그들이 아니라 자신이다.

자기 자신이라는 걸 무린은 알고 있었다.

슈아악!

잔뜩 끌어 올린 삼륜공.

활짝 열린 상단전을 통해 후방에서 또다시 목숨을 위협하는 무언가가 투척됐다는 것을 느꼈다.

무린은 다시 상체를 비틀며 철창을 쥔 우수를 휘둘렀다.

까강!

힘없이 튕겨나가는 단창.

그것도 투척용 단창이었다.

"흡!"

무린은 고개를 급히 뒤로 당겼다.

그러자 간발의 차로 무린의 얼굴 바로 앞을 맹렬한 속도로 무언가가 지나갔다. 무린의 어깨를 뚫은 무영사였다.

조금만 얼굴을 당기는 걸 늦었어도 살기를 잔뜩 먹은 화살은 무린의 얼굴이나 목울대를 물어뜯었을 것이다.

무린의 얼굴에 순간 짜증이 확 번졌다.

피하긴 했지만, 이번에도 지척, 진짜 말 그대로 지척까지 도달했을 때에서야 느꼈다. 조금이라도 늦었다면?

'미치겠군……'

고민할 것도 없었다.

아마 그대로 황천길로 무린은 배를 몰아 떠났을 것이다.

끼아하하하하하!

그들 특유의 전장의 함성이 다시 들렸다.

거슬리고 거슬렸다.

마치 귀곡성(鬼哭聲)처럼 울려 무린의 뇌리를 흔들었다.

두드드드!

그러나 무린은 이를 악물고 달렸다.

포기하지 않는다.

포기하는 순간…….

자신의 생명은 이 차갑고 시꺼먼 대지에 동물의 먹이가 되어 뿌려질 테니 말이다.

거리는 좁혀지지 않았다.

그건 무린이 억지로 굴복시킨 전마가 결코 저들이 탄 전마와 비교해 부족하지 않다는 뜻이었다.

그리고 부족하지 않다는 그 사실은 무린에게 희망을 선사하고 있었다.

'조금만! 조금만 더!'

산의 초입이 멀지 않았다.

검게, 검게 그을린 대지.

불길하기 그지없는 검은 산은 무린에겐 오히려 희망을, 생명을, 삶을 이어갈 수 있는 기회의 산이 되어 있었다.

펑!

피비빙!

무린은 소리가 나는 즉시 말이 진로를 바꾸었다. 그 결과 아주 찰나의 틈을 두고 화살들이 무린을 스쳐 지나갔다.

화살은 피했지만 역시 간단히 서늘해지는 무린이었다.

드디어……!

산의 초입이 시작됐다. 휑하니 뚫린 길을 시작으로 오르막 길을 거침없이 질주하기 시작하는 무린의 전마.

순식간에 사위가 검게 물들었다.

마치 밤의 숲에 들어온 것과 같은 상황이 펼쳐졌다. 지독히도 무성하게 자란 나뭇잎들 때문이었다.

그 덕분에 하늘의 태양이 가려졌고, 무린에게는 더없이 좋은 상황을 만들어줬다.

구불구불한 언덕을 따라 달리기 시작한 무린.

전마의 질주 속도가 조금씩 늦어졌다.

지쳤다는 뜻이다.

원래 이렇게 빨리 지칠 전마가 아니지만, 무린이 극한으로 전마의 속도를 끓어올렸기 때문이다.

무린은 지체 없이 몸을 날렸다.

텅……!

간발의 차로 먼저 수풀로 몸을 던진 무린의 뒤로 화살 한 발이 날아들어 나무에 박혔다. 바르르 떠는 깃대를 보면 화살에 대체 얼마나 강맹한 힘이 담겼는지를 여지없이 알 수 있었다.

타다다닷!

하지만 무린은 그런 걸 신경 쓸 때가 아니었다.

북원의 악마기병.

그들은 말에 타 있을 때가 가장 무시무시하다. 하지만 말에서 내린다고 해서 그 무력이 어디로 사라지는 건 아니었다.

물론 기병의 특성을 잃어버려 일정부분 약해지긴 하지만, 저 정도 인원이면 무린에게 절대적으로 불리했다.

저들은 전쟁을 아는 자들이다.

북원의 잔당이 가장 무서운 이유는 그거였다.

또다시 그때.

삐이익……!

휘파람 비슷한 소리가 산속에 울려 퍼졌다.

그리고 동시에…….

와락!

무린의 얼굴도 일그러졌다.

'미치겠군…….'

무린은 안다.

저 소리.

지긋지긋하게 들었던 저 소리에 담긴 뜻을.

북원의 잔당이… 지원군을 부를 때, 자신의 장소를 알릴 때 쓰는 호각 소리였다. 무린의 머리가 팽팽하게 회전했다.

'그렇다는 것은… 보병도 있다. 설마……?'

제발.

제발 그들은 아니기를.

무린은 속으로 빌고, 또 빌었다.

그러나…….

스스스…….

산속에 울리는 묘한 진동.

그 때문에 생기는 기묘한 정적.

오로로로…….

괴상한 기음.

괴상하다고 하지만 무린은 안다.

저 소리의 뜻을.

그리고 저 소리를 내는 자들이 누구인지를.

'아…….'

탄식이 저도 모르게 흘렀다.

상황은.

절망이 되었다.

초원여우(草原狐).

북방(北方), 그 척박하고 황량한 대지에서 최강(最强), 최악
(最惡)으로 군림하는 척후부대(斥候部隊).

이곳에 북원의 최정예는 죄다, 모조리 들어와 있었다.

우뚝 멈춘 무린의 얼굴에는 절망이 번져 나갔다.

'살아서 나갈 수 있을까……?'

답은…….

역시나 절망이다.

第七十二章

초원여우(草原狐)

귀환병사

초원여우가 무서운 이유는, 그들이 극한의 훈련을 받고 또한 수없이 많은 전쟁을 경험했기 때문이다.

이들이 쌓은 경험을 일일이 열거해 보자면… 암살(暗殺), 공작(工作), 교란(攪亂), 정보수집 등등 은밀하고 비밀스럽게 진행해야 하는 일은 모조리 도맡아서 한다.

특히 이 많은 일 중 가장 무서운 건 역시…….

암살(暗殺)이다.

몰래 사람을 죽이는 일.

그걸 초원여우들은 틈만 나면 실행했다.

무린은 수도 없이 보았다.

자고 일어나면 죽어 있는 지휘관급 무장, 군사들을.

슬쩍 들어와 목에 바람구멍을 내놓고 가는데, 그게 얼마나 귀신같은지 아무리 경계를 해도 소용이 없었다.

하지만 무린은 암살은 당시 무린에게는 먼 나라 일이었다.

무린은 지휘관이 아니었기 때문이다.

그래서 무린이 가장 무서워했던 건… 바로 숲에서 벌어지는 교전. 즉, 척후전(斥候戰)이었다.

'빌어먹을……'

암담한 현실은 무린에게 속으로 저도 모르게 욕을 하게 만들었다. 그리고 머릿속으로 무린이 전장에서 진심으로 사귀었던 친우를 떠올렸다.

'원각……'

빠른 발을 가졌던 녀석.

귀신같은 활솜씨를 지녔던 녀석.

누구보다 정이 많았던 녀석.

그는 척후병으로서는 정말 최고였다.

무린도 그에게 배웠을 정도였다.

하지만.

그런 원각을 죽인 것도 초원여우였다.

교전이 벌어졌고, 아군의 대장이 보낸 수신호에 따라 그 즉시 전선을 이탈했다. 아니, 하려고 했다.

하지만 잡혔고, 원각과 무린은 갈림길에서 갈라져 도망쳤다.

뒤쫓는 초연여우는 한 명이었다. 그래서 한 곳으로 가느니, 두 곳으로 나눠가야 하나라도 살 수 있다는 순간적인 판단을 눈빛으로 나눴기 때문이다.

결과는 원각은 죽고, 무린이 살았다.

무린은 그때 들었다.

처음 사귄 친우가 숲이 떠나가라 지른 처절한 비명을.

원각은 척후병이다. 은밀하고 조용해야 하는 그가 그럴 리가 없었다.

무린은 그 비명을 듣는 순간, 즉시 알아차렸다.

반드시 살아달라는 염원을 담은…….

마지막 인사라는 것을.

'원각…….'

불쑥 생각난 그 친구.

후우…….

웅크린 상태에서 한숨을 내쉬는 무린이었다.

복수심?

물론 든다.

확실히 원각이 생각나자 초원여우에 대한 복수심에 불이

당겨졌다. 하지만 무린은 이륜공을 돌리고 있는 상태였다.

상황을 냉정하게 파악하고 있었다.

'죽는다…….'

그건 확실하다.

어떻게 확신하냐고?

겪어봤기 때문이다.

삼륜공을 얻고, 강호상에서 말하는 절정의 경지, 그 끝줄에 올라섰다 하더라도 무린은 알 수 있었다.

비인의 살객?

초원여우가 압도적으로 강하다.

그리고 무섭다.

심령에 박힌 공포?

그럴 수도 있겠다.

하지만 그것을 감안하더라도 초원여우는 더욱 무서웠다. 더욱 강하게 느껴졌다. 그건 변하지 않았다.

'김연호, 연경.'

무린은 더욱이 신경 써야 할 수하도 있었다.

죽었는지 살았는지 알 수 없지만, 무린은 둘이 죽었을 거라는 생각은 하지 않았다. 막연한 희망이 아니다.

오감을 넘어선, 육감이 보내주는 확신이다.

'둘이 있다면…….'

어쩌면 해볼 만하다.

연경은 몰라도 김연호와는 손발이 매우 잘 맞으니까. 연경
도 북방에서 살아남은 만큼 해줄 때는 분명 해줄 것이다.

그리고 하나보다는 둘, 둘보다는 셋이 나은 건 정설에 가깝
다.

'일단… 둘을 찾는다.'

무린은 행동방침을 정했다.

일단 김연호와 연경을 찾고, 그 둘의 상태를 본 다음… 결
정할 작정이었다.

'살아만 있어라.'

스윽.

무린은 움직이기 시작했다.

그 순간.

오로로로로……

초원여우가 울기 시작했다.

*   *   *

사실 이 울음은 웃긴 짓이다.

이런 척후전에서 저런 울음을 흘린다는 건 가장 중요한 위
치를 흘리는 짓이다. 그래서 모든 척후병들은 절대 전투가 시

작되면 소음을 생성하지 않으려고 노력한다.

그건 무린도 마찬가지였다.

비인의 살객과 싸울 때도 그랬지만 무린도 은신을 하고 싸워야 하는 경우는 절대 소음을 내지 않았다.

그런데.

초원여우는 대놓고 울음소리를 흘린다.

하지만 그 모든 건 이유가 있는 법.

'울림이……'

사방팔방에서 들린다.

하나가 내는 게 아닌 집단이 내는 울음소리가 아예 공진(共振)을 이루어 숲 전체를 울리고 있었다.

이렇게 되면…….

'위치가 안 잡힌다.'

피식.

이 허탈한 상황에 저절로 조소가 나왔다.

그러다 무린은 이런 상황, 언젠가 들은 적이 있다는 걸 깨달았다. 초원여우가 우는 이유를 말이다.

'반드시 하나를 포위하고 말살시킬 때.'

강신단주 이무량.

그가 홀로 숲에서 초원여우를 마주친 적이 있었다. 그때, 초원여우가 이런 울음소리를 냈다고 했다.

반나절 동안 강신단주와 초원여우가 격돌했다.

승자는 강신단주였다.

하지만 강신단주의 전신은 만신창이가 되어 있었다. 팔, 다리, 가슴, 어깨, 목까지 죄다 상처투성이었다고 들었다.

강신단주가 돌아왔으니 초원여우는 전부 죽었을 것이다.

대체 몇 마리의 초원여우와 붙었는지는 모르지만, 천하의 강신단주의 몸을 그 정도로 긁어놨다는 것은 정말 대단한 일이다.

그리고 그만큼 지독하다는 뜻도 됐다.

동료가 죽어나가도 악착같이 칼을 휘둘러 강신단주를 죽이려 했다는 뜻이니까 말이다.

'반드시 죽여야 할 적을 마주했을 때……'

이번엔 나란 말이지……?

무린의 입가에 비릿한 미소가 걸렸다.

인정받아서?

아니다.

진짜 짜증나게 흘러가는 상황 때문이었다.

'강신단주는 살아왔지.'

나라고 못할 것 같으냐?

여지없이 혼심이 돈다.

일륜, 이륜, 삼륜도 돈다.

돌도 돌면서 어깨의 통증을 슬며시 죽여 놓고, 두 눈 가득 진득하게 타오르는 전의(戰意)를 심었다.

슥.

한 발자국 앞으로 나서자마자 바로 반응이 왔다.

스윽.

전방의 나무 하나, 그 뒤에서 들렸다.

무린은 기감을 모조리 열고 극한까지 신경을 집중했다. 비인의 살객과는 다르다. 실수 한 번이면 정말 목숨을 내놓아야 한다.

대놓고 기척을 흘렸다.

무린은 고민해야 했다.

식은땀 한 방울이 목뒤를 간질거리며 흘러내렸다.

'의도가 뭐지?'

자신 있다는 건가?

무린은 움직임을 멈췄다.

그리고 상단전을 최대한 개방하고 주변으로 기감을 극한으로 확장했다. 하나, 둘, 셋, 넷, 다섯… 열.

전, 후, 좌, 우.

무린을 중심으로 최소 열 명의 초원여우가 퍼져 있었다. 무린은 깨달았다.

'포위당했군.'

쓸쓸하다.

자신도 모르는 사이 이미 포위망은 형성이 되어버렸다. 그리고 포위망 안에 갇혔다는 것은 이미 초원여우가 자신의 위치를 파악하고 있다고 봐야 했다.

'척후전은… 너희들이 위라 이거지? 그렇지만……'

종합적인 무력은 내가 위다.

무린은 마음을 굳게 먹었다.

슈악!

마음먹은 그 순간, 검은 그림자가 벼락같이 무린을 덮쳐왔다.

깡!

그그극!

기형단검을 막은 철창이 비명을 질렀다.

슈욱, 슈욱.

무린은 좌, 우에서 초원여우 둘이 나타나 무린의 가슴, 옆구리를 노리고 검을 뿌렸다. 기잉! 하고 무린의 귀에만 기음이 들렸다.

까강!

옆구리에 틀어박히려던 검이 튕겨 나갔다.

슈악!

그리고 빛살처럼 뿌려진 휘둘러진 좌수가 가슴을 노리던

검도 튕겨냈다. 무린이 방어를 해내자 정면에 있던 초원여우가 한 발자국 빠지면서 어깨를 슬쩍 털었다. 그 동작에서 무린은 전신을 타고 내달리는 소름을 맛봤다.

'흡!'

속으로 신음을 내뱉음과 동시에 무린의 고개가 급히 꺾였다. 고개를 꺾는 그 순간, 스팟! 하고 머리카락을 몇 가닥 건드리고 지나가는 암기를 무린은 느낄 수 있었다.

솜털이 차르르 곤두서는 감각을 느꼈을 때, 무림이 튕겨냈던 좌, 우의 검이 다시금 무린의 다른 요혈을 노리고 날아들었다.

이번엔 목, 그리고 허벅지였다.

둘 다 허용하면 절대 안 되는 부위였다. 목이야 주먹으로 맞아도 생명이 끊어지는 곳이고, 허벅지는 내주는 순간 기동력을 잃게 될 것이다.

초원여우에게 기동력을 잃고 빠져나갈 수 있는 방법은 없다.

무린은 두 다리에 힘을 바짝 주고, 뒤로 신형을 튕겨냈다. 마치 뒤에서 누가 당긴 것처럼 무린의 신형이 뒤로 날았다.

슉!

그와 동시에 어둠을 가르고 비침이 날아왔다. 아주 미세한 소음이었지만 무린은 극한까지 돌리는 삼륜공의 덕으로 그 소음을 잡아낼 수 있었다.

왼발이 지면에 닿았다. 그리고 닿는 순간 다시 걷어차듯 박
찼다.

그 반동에 무린의 신형이 슬쩍 틀어졌다. 슬쩍 틀어졌지만
그 틀어진 틈새로 비침이 지나갔다.

숨 한번 돌릴 틈 없는 연수합격.

'이걸……'

뚫어낸 무적단주가 다시금 대단하게 느껴졌다.

자신도 절정인데 피하기 급급하기만 하다.

무린의 신형이 멈췄을 때 어느새 초원여우들은 전면에서
사라지고 없었다.

"……"

탓.

무린도 즉시 어둠 속으로 녹아들었다.

그리고 다시 몇 번을 위치를 바꾸고, 숨을 돌리던 무린은
생각했다.

'이대로는 안 돼……'

방어만 해서는 초원여우를 뚫어낼 수 없다. 무린은 조금 전
의 격돌에서 그걸 절실하게 깨달았다.

합격이 정말 숨 돌릴 틈도 없이 이루어진다.

반격은 꿈도 못 꾸게 만드는 합격을 막고, 피하는 것도 문

제지만 정작 더 큰 문제는 이게 너무 비효율적이라는 게 문제다.

막기만 해서는 답이 없는 상황인데, 막기만 할 수밖에 없기 때문이다.

'먼저, 먼저 친다.'

수를 줄여야 한다.

기감에 잡히는 열.

그러나 몇이 더 있을지 모른다.

거기다가 이 산에는 북원의 악마기병까지 있다.

최대한 수를 줄여야, 도망치는 것도 가능할 것이다.

더군다나 무린은 현재 부상까지 당한 상황. 지금 당장에야 팔을 움직이는 데 무리가 없지만 언제 어떤 식으로 고장이 날지 모르는 상황이다.

즉, 시간이 없는 무린이었다.

"……."

스윽.

결정했으면, 움직여야 하는 법.

무린의 신형이 가장 근처에 있던 초원여우, 삼 장 거리에 있는 덤불로 뛰어들었다.

* * *

최초로 무린이 뿌린 공격은 찌르기였다.

스각.

푹!

얕게 무언가가 갈리는 감각과 창날이 지면에 처박혔다. 그리고 그 창대를 타고 올라오는 검날.

무린은 왼손에 일륜을 이동시키고 창대를 타고 오는 검날을 후려쳤다. 챙! 하고 검이 반 토막이 났다. 일격에 검을 부순 무린이지만, 무린도 인상을 썼다.

검날에 담긴 내력이 만만치 않았는지, 왼손이 저릿저릿했다. 일륜으로도 그 충격을 전부 해소시키지 못했다.

'이러니······.'

무공도 모르는 병사들이 태반인 북방에서 악마로 군림했겠지.

이를 악문 무린은 창대를 놓고 그대로 초원여우를 덮쳐갔다. 덤불 속이지만 무린의 행동은 그 어떤 것에 방해도 받지 않는지 기민했다.

우수로 날을 만들어, 그대로 어깨를 내려찍었다.

탁 하고 팔꿈치를 쳐 무린의 공격을 막은 초원여우가 좌장으로 무린의 옆구리를 때렸다.

그극!

철판 긁히는 소리가 울렸다.

초원여우의 좌장에 담겨 있던 내력과, 무린이 옆구리로 보낸 일류의 내력이 만나 생긴 소음이었다.

좌장이 빗겨나갔다. 그리고 동시에 그에게 악운이 선사됐다.

좌장이 빗겨나간 게, 마치 흐르듯이 빗겨나가는 바람에 상체가 앞으로 쏠린 것이다. 상체가 쏠렸다는 건 중심이 흐트러졌다는 뜻이다.

그리고 중심이 흐트러졌다는 건 빈틈을 보였다는 뜻으로 귀결된다.

찡그려지는 초원여우의 새파란 그 눈동자에 짜증, 그리고 조금의 당혹을 무린은 읽어냈다.

그리고 미소와 함께 무린의 눈이 빛났다.

짧은 순간이지만, 그 짧은 순간도 무린 정도의 고수에겐 충분했다.

퍽!

빠각!

오른 주먹이 복부에 틀어박혔고, 그 충격에 숙여지는 초원여우의 턱을 좌장이 그대로 올려쳤다.

덜컥! 하며 한차례 흔들리는 초원여우의 고개.

무린은 확신했다.

이 두 번의 일격으로, 이 녀석은 잡았다는 걸.

꺾이는 무릎.

초원여우의 신형이 무너졌다.

빡!

우드득!

무린의 우수가 무너지는 초원여우의 목에 그대로 틀어박혔다. 최초의 소음, 두 번째 소음. 그건 초원여우를 저승으로 보내는 소리였다.

무린은 그 즉시 창을 쥐고 장소를 이탈했다.

푹!

푸북!

비침을 포함한 암기들이 사정없이 무린이 이탈한 자리에 틀어박혔다. 촌각이라도 늦었다면 아마 무린에게 도달했을 터.

무린은 내달렸다.

어둠을 뚫고 쭉쭉 치고 나갔다.

뒤에서 쫓아오는 기척이 느껴졌다.

'하나, 둘, 셋… 아홉! 열이 전부인가?'

무린은 뛰는 와중에도 상황을 파악하려 애썼다. 무작정 뛰기만 해서는 무작정 싸우기만 해서는 절대 빠져나갈 수 없다는 걸 알기 때문이다.

도주를 위해서는 상황파악이야말로, 가장 먼저 선행되어야 하는 과제다.

초원여우 열.

무린은 어쩌면 할 만하다고도 생각했다.

하지만 그 생각은… 얼마 가지 못했다.

"큭!"

느끼지도 못하는 사이, 화살이 박혔었던 자리에 다시금 비침이 날아와 박힌다. 살을 파고들고, 뼈에 깊숙이 박히는 느낌이 무린의 뇌리를 뒤흔들었다. 그리고 이번에도 역시… 느끼지 못했다.

지독히 은밀한 일격이었다.

무린의 얼굴이 일그러졌다.

이미 상처 입은 곳에 다시 박혔기 때문에 통증이 어마어마했다. 그러나 무린은 이를 악물었다.

멈춰서는 안 된다.

절대로, 절대로 안 된다는 걸 무린은 알고 있기 때문에 통증을 참으며 달렸다.

쉭!

수풀이 보였다.

비상하는 무린.

푹!

"컥……."

짧은 그 시간, 체공중인 무린의 오른쪽 옆구리에 비침이 다시 박혔다. 아니, 뚫고 나가버렸다. 일류을 돌릴 시간도 없이 너무나 은밀하게 당했다.

극통과 함께 무린의 신형이 공중에서 휘청거렸다.

하지만 쓰러지진 않았다.

바닥에 안착과 동시에 무린은 바로 앞의 나무 뒤로 숨었다.

"……."

사사사사.

바람이 불어와 나뭇잎을 쓸었다.

그리고 숲 속은 다시금 침묵에 쌓였다.

*   *   *

후우.

짧은 심호흡을 쉰 무린은 슬쩍 시선을 내렸다. 뭉클, 조금씩 새어 나오는 피가 가장 먼저 눈에 뛰었다.

'빌어먹을…….'

하나를 잡고, 어깨와 옆구리를 뚫렸다.

일대일 대결이었으면 무린의 승리였다. 완벽하지는 못했어도 상대의 숨통을 제대로 끊었기 때문이다.

하지만 지금은 일대 다수다.

초원여우는 전부 열이라는 상황에서 하나를 잡고, 부상을 두 군데나 입었다. 이건 누가 봐도 손해를 입었다고 할 것이다.

뜨끔뜨끔한 통증이 뇌리로 파고들었다.

무린은 저도 모르게 왼손으로 옆구리를 감쌌다.

'윽.'

그러자 어깨에서도 통증이 밀려왔다.

그 무적단주조차 초원여우를 모조리 도륙했지만 부상을 입고 돌아왔다. 아직 그 당시의 무적단주의 무위에 도달하지 못한 무린이 아무런 부상도 없이 초원여우를 상대할 가능성은 사실상 없다고 봐야 했다.

알고 있다.

그런 사실을 무린은 제대로 자각하고 있지만, 역시 입맛이 쓰다. 그러나 포기할 수는 없는 노릇이다.

생각하라.

생각하고 또 생각해라.

육감이 보내오는 명령을 무린은 착실히 따르기 시작했다.

현 상황에서 가장 큰 위험은 무엇일까.

'비침… 기척이 잡히지 않아.'

무린은 현 상황에서 가장 큰 문제를 꼽자면 비침이 제일 문제라고 생각했다. 소리도, 기척도 없다.

옆구리가 뜨끔, 하다는 생각을 함과 동시에 이미 꿰뚫렸다. 부위가 그쪽이었으니 망정이지, 심장이나 목, 뒤통수에 박혔으면…….

등골이 오싹해지는 무린이었다.

그리고 다음 순간 무린은 또 다른 문제를 자각했다.

'혈향…….'

척후병들은 모두가 오감(五感)에 민감하다.

시각, 청각, 후각, 미각, 촉각으로 이루어진 오감에 민감하지 못하면 척후병으로서의 자격 자체가 사라진다.

초원여우는 그중에서도 엄청난 정예다.

오감은 물론 무린처럼 거의 육감을 깨우치고 있을 게 분명했다.

혈향(血香).

간단히 말하자면 비릿한 피 냄새를 초원여우가 못 맡을 리가 없고, 더욱 간단히 말하자면 무린은 계속 위치를 노출시킬 수밖에 없다는 소리다.

북방이었다면, 혈향을 지워주는 특수한 약초를 지니고 다녔을 것이다. 아예 후각으로 위치를 파악하게 못하는 그 약초는 모든 척후병들에게 필수적으로 보급되기 때문이다.

하지만 지금은… 없다.

현재 무린도 느끼고 있는 이 피 냄새를 지울 방법이 없다는 소리다. 그게 무린의 얼굴을 사정없이 찌푸려지게 만들고 있었다.

'최대한 각개격파를……'

이 상황에서 무린에게 주어진 방법은 딱 하나.

각개격파다.

무린은 도망갈 생각을 버렸다.

불가능하다는 걸 깨달았기 때문이다.

도주가 불가능하다면, 남는 방법은 딱 하나였다.

아홉.

아홉 마리 초원여우를 모조리 죽여 버리는 것.

그것 밖에 답이 없다고 생각했다.

'최대한 끌어들여서… 일격에.'

두 번, 세 번씩 공격을 해서는 안 된다.

일격에 숨통을 끊고, 그 즉시 자리를 이탈해야 한다. 그리고 다시 한 마리씩. 불가능하겠지만, 가능하게 만들어야 한다.

후우…….

삼륜은 가열 차게 돈다.

통각이 점차 옅어졌다.

무뎌지고, 이내 사라져 갔다.

그 자리를 채우는 건 화끈한 전투의지 뿐이다.

반드시 살아가겠다는 불굴의 투지.

모조리 죽여 버리겠다는 지독한 살심.

하지만 무린은 그 모든 걸 속으로 감추고 기다렸다. 느껴졌다. 기적이… 슬금슬금 자신에게 다가오는 기적 하나를.

조금만.

조금만 더…….

오라.

심장이 쿵쿵 뛰고, 등골을 타고 땀이 흘러내렸다.

극한까지 긴장한 것이다.

'조금, 조금만…….'

끈덕지게 기다렸다.

이 지독한 긴장감에 먼저 움직일 법도 했지만 무린은 끝까지 참아냈다. 그리고… 이내 열 발자국.

그곳까지 왔다고 육감이 알려왔을 때, 무린의 신형이 벼락같이 회전하면서 내달렸다.

무풍형(無風形).

중천이 전수해 준 형체 없는 바람이다.

무린의 형체가 사라졌다.

삼류의 내력을 받은 무풍형은 무린의 신형을 눈 깜빡할 사이에 초원여우의 정면으로 도달시켰다.

촤악!

일격.

까강!

초원여우의 손에 들린 검이 창의 진로를 틀어막았다. 내력이 잔뜩 실린 일격이라 검은 밀려 내려갔지만 그것도 조금이었다.

일격으로 죽이고자 했지만, 역시 그건 불가능했다.

하지만 좌장이 펼쳐진다.

가히 벼락같은 속도로 옆구리로 쇄도하더니, 빠각! 우드득! 갈빗대를 부숴버렸다. 이격은 제대로 먹혔다.

무린은 마지막 일격을 뿌리려다가 멈칫했다.

위험하다.

머릿속에 들린 경고성 때문이다.

무린은 날카롭게 벼려진 그 육감의 경고를 무시하지 않았다. 신형을 주욱 빼고, 그대로 다시 내달렸다. 무린이 빠지자마자 또다시 비침이 날아 무린이 있던 자리에 틀어박혔다. 폭하고 겨우 귀에 잡힐 만한 소리가 들렸다.

사삭.

풀이 스치는 소리가 들렸다.

이미 무린의 신형은 저 뒤로 빠져 어둠 속에 녹아들고 있었다. 그러나 무린의 안색은 좋지 않았다.

'숨통을 끊지 못했어!'

갈빗대를 부순 게 전부다.

하지만 그것도 치명상은 아니었다. 겨우 갈빗대가 나간 정도로, 초원여우들이 멈출 리가 없었다.

이 지독한 독종들은 통증에도 상당히 둔감하다고 들었기 때문이다.

빌어먹을!

짜증이 교차했다.

수풀을 넘고 바위 하나를 다시 넘으려고 신형을 띄운 그 순간, 갑자기 소름이 확 돋았다. 무린은 공중에 뜬 상태에서 고개를 급히 뒤로 당긴다.

번가 뻔쩍하면서 무린의 이마 바로 앞으로 빛줄기가 스쳐지나갔다. 그 빛줄기는 퍽 소리를 내고 커다란 나무에 틀어박혔고, 부르르 떨었다.

탓.

타다닷.

지면에 안착한 무린은 그대로 몸을 두 바퀴 굴렸다가 전방의 수풀 속으로 뛰어들었다. 그리고 바로 빠져나와 다시 내달렸다.

'악마기병!'

그들이 기마에서 내렸다.

그리고 초원여우와 합류했다.

'작정을 했구나!'

북원의 최정예가 무린을 죽이려고 아예 작정을 하고 움직이고 있었다. 대체 왜?

무린과 북원의 잔당사이에 접점은 없다.

서로 원한 산 일이 없다는 소리다.

그런데 대체 왜.

왜!

짜증이 왈칵 올라온 무린은 답답함이 가슴을 저미는 느낌을 받았다. 그러나 그래도 무린은 멈추지 않았다.

죽는다.

다리가 멈추면…….

그 거지같은 현실이 무린을 멈추지 못하게 하고 있었다.

오로로로로…….

뒤에서, 아주 근거리에서 다시 여우 울음소리가 들렸다.

큭!

입가로 비집고 나오는 신음… 아니, 조소인가?

느껴진다.

극도로 활성화된 감각에 걸리기 시작한다.

숲을 가득 매우기 시작하는 기척들이…….

악마기병의 기파가…….

느껴지기 시작한다.

상황은… 지독히도 암울하게 흘러가고 있었다.

마치… 무린에게 죽으라는 것처럼.

그래.

죽으라는 것처럼…….

第七十三章 포위(包圍)

귀환병사

하지만.

누가 죽어준다 하더냐.

정면에서 시꺼먼 그림자가 불쑥 튀어나왔다.

악마기병?

초원여우?

그런 걸 따질 새도 없었다.

후웅!

하고 떨어지는 투박한 도를 우축으로 피한 무린은 그대로 가속을 멈추지 않은 채로 좌수를 휘둘렀다.

빛살처럼 뻗어나간 손바닥이 그대로 적의 턱에 직격했다. 빠각 하는 소리 뒤로 우드득 하는 소리가 들리더니 턱이 뒤로 꺾였다가 돌아왔다.

꺼지는, 텅 비어가는 동공이 순간적으로 보였다.

의식이 날아갔나?

아닐 것이다.

목뼈가 부러졌다.

삼류의 힘이 담긴 손바닥으로 밀어 쳤으니 결코 그 힘을 버틸 수 없었을 것이다.

검은색 갑주와 동시에 허리춤에 매달린 짧은 손도끼도 보였다.

악마기병은 도끼를 무장하지 않는다.

초원여우도 마찬가지.

'둘 다 아니다……?'

그렇다는 건 다른 병종이라는 뜻이다.

생각이 나아갈 틈이 없다.

어느새 내달리는 무린의 등으로 접근하는 여러 발의 화살. 무린은 뛰던 그대로 몸을 날려 앞구르기를 한 번 했다.

푸부북!

동시에 다시 팅기듯이 날아 달렸다.

쉭, 쉭.

주변의 전경이 스쳐 지나갔다.

불길하게 조성된 흑산의 숲이 보인다.

하지만 무린은 그걸 감상할, 받아들일 겨를이 없었다. 활짝
열린 기감으로 잡히는 수도 없이 많은 적 때문이었다.

헉헉.

결국 무린의 입에서 서서히 가뿐 숨소리가 들리기 시작했
다. 강철처럼 굳건했던 체력이 이제 바닥이 나기 시작한 것이
다.

'이렇게는 안 된다!'

체력의 중요성이야 말로 하지 않아도 너무나 중요하다. 내
력과 체력은 서로 다른 분야다. 내력은 말 그대로 내공을 말
하고, 체력은 육체를 움직이는 원동력을 말한다.

체력이 바닥나면 육체는 둔해질 수밖에 없다.

그 순간 정면에서 화살 한 발이 날아들었다.

강맹하다.

슈아악!

바람을 찢는 소리가 장난이 아니다.

그리고 빨랐다.

거기에 더해, 무시무시한 기세가 느껴졌다. 기잉! 하고 삼
륜이 경고를 보내왔다. 무린은 촤락 미끄러지듯이 멈춰 섰다.

"홉!"

호흡을 들이마시고, 멈췄다.

그 사이, 화살은 피하고 자시고 할 여유조차 주지 않고, 어느새 면전에 도착해 버렸다.

깡!

그러나 무린도 만만치 않다.

창을 휘둘러 화살을 그대로 쳐내버렸다.

지이잉. 하고 창신이 부르르 떨렸다. 그건 안에 담긴 내력이 엄청나기 때문이다. 거기에 이 화살 한 발에 문제가 더 생겼다.

삼륜을 창에 주입하고 휘두르느라 쉬지 않고 움직이던 두 다리가 결국 멈춰버렸다. 왜 멈췄을까.

어쩔 수 없었기 때문이다.

도저히 제대로 자세를 잡지 않고서는 그 화살을 쳐낼 수 없을 거라는 판단 때문이었다. 순간적인 판단이지만 그건 정확한 판단이었다. 아직도 지잉거리며 울고 있는 철창을 보니 말이다.

다시 움직이려 했지만, 무린은 움직이지 못했다. 주변 사방에서 모습을 드러내는… 투박한 도나 도끼를 든 병사들 때문이었다.

북원의 전사.

공포라는 감정을 지웠는지 전투만 시작되면 악귀처럼 달

려드는 북원의 전사들을 무린이 못 알아볼 리가 없었다.

피식.

'아예 군단이 들어왔구나.'

기병도, 궁병도 될 수 있는 전천후 악마기병에 무시무시한 척후능력과 암살, 공작 능력을 보여주는 초원여우.

그리고 집단전투만큼은 두 부대에게도 악명이 뒤지지 않는 북원의 전사까지.

'김연호, 연경······.'

이를 악물었다.

이 산에 있는 북원의 잔당의 병력을 보자, 무린은 점점 두 사람의 생사가 불투명해지는 쪽으로 기울었다.

그렇게 포위만큼은 피하려고 발악을 했다.

하지만 그런데도 당했다.

천하의··· 무린조차 말이다.

무린보다도 한참 떨어지는 둘이 이 산에 들어왔다면··· 굳이 생각이 더 나아갈 필요도 없었다.

크큭!

입새로 억눌리고 비틀린 조소가 흘러나갔다.

빌어먹을.

빌어먹을······.

그저, 확인만 할 생각이었는데, 어디서부터 이렇게 꼬인 건지.

너무나 답답할 따름이다.

그리고 이런 상황이 또다시 찾아온 것에 대해 분노할 따름이다. 자신에게만 이렇게 모질게 구는 하늘을 원망할 따름이다.

이 상황은…….

누가 봐도 희망이 없다.

오십이 넘는 북원의 전사.

마찬가지로 비슷한 숫자의 악마기병.

그리고… 또다시 숨어 있는 초원여우까지.

목숨을 내놓아야 할 상황이 결국은 만들어졌다.

하지만.

하지만 말이다…….

그냥 죽어줄 수는 없지.

그건 너무 억울하지 않은가? 큭큭, 그렇다면… 하나, 내 생명이 끊어지는 그 순간까지. 죽이고, 또 죽이리라.

먼저 갔을 김연호, 연경을 대신해서…….

또 죽이고, 계속 쳐죽이고…….

가리라.

원각.

너의 몫까지 합쳐서…….

숨이 끊어지는 그 순간까지.

죽이리라.

기잉!

기이잉……!

그아아아앙……!

회전하고, 진동한다.

울음을 토해내고, 현신한다.

어둠속에서 그 우윳빛 광채를 뿌린다.

붉게 물든 그 눈엔 혼심이 가득차고.

오직, 살인만을 위해 움직일 준비를 마친다.

일륜이, 주인을 보(保)할 준비를 마치고.

이륜이, 주인의 의지를 지킬 준비를 마쳤다.

이윽고 삼륜이 적을 말살할 힘을 사지백해로 전달한다.

투쟁(鬪爭)이다.

삶, 생명을 지키기 위해서.

그러기 위해서 악귀나찰이 되어가는 무린이다.

지독한 살기를 토해내고, 또 토해내는 무린이다.

"오라……."

다물린 입 사이에서 흘러나온 그 말은, 지독한 투쟁의 시작을 알렸다.

*   *   *

푹.

무린을 창을 바닥에 박았다.

장병(長兵)에 속하는 무린의 철창은 이런 상황에서는 오히
려 철창이 행동을 방해하기 때문이다.

무린이 창을 바닥에 박자마자 슬금슬금 북원의 전사들이
다가오기 시작했다.

"끼이야하!"

괴상한 소음을 지르고 전사 몇이 달려들었다.

부앙!

바람을 가르고 도끼가 정수리로 떨어져 내렸다.

텅!

좌수로 쳐내고, 그 반동을 이용해 주먹으로 옆구리를 찍었
다. 꽈직! 하고 역시 부서지는 소리가 들렸다.

갑주가 입었다고 해도 삼류의 내력을 막기엔 역부족이
다. 옆구리에 주먹을 처박고 난 무린은 곧바로 팔을 빼냈
다.

사악! 하고 팔을 빼자마자 기형도가 무린이 뻗었던 팔이 있

는 공간을 가르고 내려왔다. 끼하하! 거슬리는 웃음소리가 계
속해서 들려온다.

면전에 도착한 도 때문에 난 웃음인가?

무린은 고개를 살짝 숙여 피하고 전사의 품속으로 파고들
었다. 퍽! 일격을 먹이고, 퐈드득! 수직으로 솟구친 손바닥이
턱을 작살냈다.

깡!

그사이 옆구리로 들어오던 검을 손바닥으로 막았다. 일
륜의 보호로 인해 손은 멀쩡했다. 살짝 저릿함이 느껴졌지
만, 위험할 정도는 아니라 판단한 무린이었다. 무너지는 전
사를 두고, 왼발을 축으로 무린의 신형이 빙글 돌며 떠올랐
다.

촤락!

부챗살 퍼지듯 뻗어진 무린의 오른발이 그대로 치명적인
흉기가 되었다. 이윽고 퐈직! 하고 안면을 뭉개고 나서야 다
시 곱게 접혀 지면에 안착했다.

굉장한 신위.

가히 접근불가의 무력을 선보인다.

키하하!

그러나 벌써 몇이나 당했는데도 북원의 전사들은 달려들
었다. 두 눈 가득 지독한 흉성이 떠올라 있었다.

번들거리는 눈동자가 무린을 향했다.

예전 같았으면… 두려웠을 눈초리였지만, 지금은 아니었다.

탓, 타닷.

순속의 무풍형을 밟아나간 무린이 어느새 가장 가까이에 있던 전사의 면전에 도착했다. 헉! 하고 눈동자가 커졌을 때, 이미 무린의 좌장이 복부를 툭 때렸다.

가가각!

갑주를 파고들고, 좌, 상위에 위치한 비장(脾臟)을 터뜨려 버렸다.

그것만으로도 치명상.

무린은 즉시 발을 주욱 긁어내고 옆으로 돌았다. 무시무시한 속도로 떨어져 내리는 기형도가 보였다.

지금까지와는 다른 속도다.

장수(將帥)급이다.

"흡!"

무린이 고개를 당겨 피한다.

핏.

그러나 기형도의 칼끝에서 흘러나온 예기가 무린의 이마를 살짝 갈랐다. 튀는 혈흔을 두 눈으로 확인한 무린이지만 놀라지는 않았다.

이런 상황은 처음이 아니기 때문이다.

신형을 돌려 무린은 다시 뒤로 물러났다.

"……."

"……."

다른 북원의 전사들보다 월등히 큰 신장과 압도적인 흉포함을 자랑하는 기세, 더욱이 손에 들린 무지막지한 북원기형도(北元奇形刀)가 앞으로 나선 전사가 심상치 않은 자라는 걸 증명하고 있었다.

두 눈 가득 담긴 흉광은 일반인이라면 아마 마주치는 즉시 오금을 지렸을 정도의 힘을 담고 있었다.

장수의 입이 열렸다.

"전투를 할 줄 아는 종자구나……."

"……."

무린은 대답하지 않았다.

다만 옆에 있는 철창을 손에 쥐었다.

스윽.

북원의 장수가 한 발자국 앞으로 나오자 다른 북원의 전사들이 반대로 포위망을 살짝 뒤로 물렸다.

무린은 눈치챘다.

'대장전…….'

대장전, 혹은 일기토라고 부르는 것은 우두머리나 무예가 뛰어난 장수끼리 일대일로 생사결을 치루는 걸 말한다.

"내 이름은 타유라 한다. 대원제국의 장수다. 이곳 직책으로는… 그래, 천부장 정도 되겠군."

억센 억양이었다.

어눌하기도 했다.

하지만 못 알아들을 정도는 아니었다.

"……."

무린은 침묵했다.

머릿속을 괴롭히는 단어 때문이었다.

'천부장, 천부장이라…….'

무린의 눈빛이 가라앉았다.

겨우 천부장?

그렇게 생각할 수 있다.

무린 자신도 정천호, 즉 천부장이니까.

하지만 북원이라면 얘기가 달라진다.

북원도 무인이 있다.

당연한 일이다.

그런 북원의 무인들 중에서 군문에 종사하고, 그 무예가 일정 경지 이상 오른 자들을 천부장에 올려 전사들을 통솔하게 한다.

라고 무린은 들었다.

'절정⋯⋯. 비담보다는 아득히 강하다. 최소 혈사룡.'

무린은 바로 타유라고 자신을 소개한 장수의 무력을 가늠
했다. 흘러나오는 기세만 봐도, 이 자는 최소 혈사룡 정도의
무력을 보유하고 있었다.

무린의 겉으로는 무표정을 유지했지만, 속으로는 답답함
이 가슴을 짓누르는 걸 느꼈다.

이긴다.

저자와 일대일로 붙는다면 이길 자신은 있다.

하지만⋯ 아무런 부상도 없이 잡을 자신은 없다.

'이기면 풀어줄까? 설마⋯⋯.'

그런 일은 없을 것이다.

타유가 나선 것은, 어디까지나 호승심 때문이다. 무린이 타
유를 잡는다고 해서 풀어줄 가능성은 거의 없다고 봐야 했다.

실제로 북방에 있는 동안 무린은 북원의 잔당이 아군을 풀
어줬다는 소리를 단 한 번도 듣지 못했다.

그렇다면 거절하는 방법은?

무린은 속으로 고개를 저었다.

그 또한 결코 좋지 않은 방법이었다.

거절해도, 타유는 자신을 공격해 올 것이다.

혈사룡 정도의 무력을 갖춘 타유가 무린을 합공한다면⋯
결과가 너무 뻔하다. 몇 합 버티지 못할 것이다.

무린은 가슴이 답답해지는 걸 느꼈다.

'슬슬 마지막이군……'

약한 마음이 아니다.

불굴의 투쟁이 꺼진 게 아니다.

반드시 살아 돌아가겠다던… 그 약속을 잊은 게 아니다.

현실이 그렇다.

무린은 침착한 사내다.

그 누구보다 상황을 정확하고, 냉정하게 바라본 후, 파악된 상황을 있는 그대로 받아들일 줄 아는 남자였다.

지금 현재 무린은.

'틈이, 희망이 없다……'

촘촘히 둘러싸였다. 그것도 어중이떠중이들이 아닌 정예, 완전 최정예에게 말이다.

아… 하고 답답한 숨이 나오는 상황이다.

"전투를 알아. 척후병이었나?"

"……"

타유는 계속해서 무린에게 말을 걸었다.

여유 있는 말투가, 마치 '마지막 죽이기 전에 너란 무인을 알아두기 위해서다' 라는 느낌을 팍팍 풍겼다.

그게 짜증을 불러왔다.

하지만 다시 그 짜증을 눌러 내리고, 마지막 발악을 시작한

다. 발악의 시작은 무린의 입이 열리면서 쏟아진 거친 언어
다.

"잡소리가 많다. 북원의 개는 주둥이로 싸우나."

꿈틀.

타유의 눈가 근육이 움찔거리는 걸 무린은 파악했다.

'잘하면.'

타유의 얼굴이 굳음과 동시에, 북원의 전사들이 기세를 피
워 올리기 시작했다. 끈적끈적한 살기다.

찢어 죽이겠다는 흉포한 적의다.

하지만⋯⋯.

피식.

"제법이군. 이 상황에서도 격장지계를 쓸 줄 아는 걸 보
니."

비릿한 조소와 함께 내뱉은 타유의 말은 북원의 전사를 진
정시켰다. 특히 그 말 속에 담긴 격장지계라는 단어가 결정적
이었다.

"⋯⋯."

무린은 침묵했지만 희망의 끈은 놓지 않았다.

'괜찮아. 그래도 동요하는 전사들은 있다.'

감정은 공유되는 법이다.

전염처럼 퍼지는 법이다.

"덤벼라, 개."

"큭! 죽고 싶다면……."

뭔 짓인들 못할까!

거칠게 외친 타유가 달려들었다.

기형도를 손에 들고 득달한다.

좌악!

벼락처럼 무린의 정수리로 떨어져 내렸다. 바위도 쪼개버
릴 위력을 내포했는지, 그 기세가 실로 무시무시했다.

까앙!

무린은 떨어져 내리는 도를 그대로 올려쳤다.

힘과 힘의 대결이 펼쳐진다.

주르륵.

타유도 뒤로 밀리고, 무린도 뒤로 밀렸다. 각자 두 세 발자
국씩 밀렸다.

내력까지 쏟아 부은 일격의 공수의 교환은 거의 둘의 힘이
나 내력이 비등하다는 걸 보여줬다.

척!

급히 둘은 자세를 바로 했다.

타유가 자세를 잡았을 때, 무린은 이미 쿵! 하고 진각을 밟
았다. 그리고 뻗어지는 우수. 강렬한 한 방이다.

살짝 돌아가다가 팅기듯이 회전한 손목으로 인해 무린의

우수에 잡힌 철창이 팽그르르 돌기 시작하더니 곧이어 가속한다. 무지막지한 회전력을 품었다.

쩡!

타유의 도가 아래에서 위로, 그어 올려졌다.

그 행동은 정확히 무린의 창날과, 도면이 맞붙게 만들었다.

파괴력만을 품은 기형도.

그리고 관통의 특성을 지닌 철창.

두 무기의 만남은 그그극! 거리는 기음을 토해냈다.

그러다 이내 터덩! 하는 소리와 함께 둘의 뒤로 튕겨 나갔다. 파괴를 담은 기형도, 관통을 담은 철창 둘 다 서로를 이기지 못한 것이다.

후읍!

타유가 심호흡을 들이쉬더니 도를 내리그었다.

촤아악!

뻗어 나오는 붉은 반월(半月).

걸리는 무엇이든 짓이기고 갈가리 찢어버리는 도기(刀氣)였다. 그러나 무린은 이미 타유가 숨을 들숨에 들어갈 때부터 삼륜의 경고를 받았다. 그렇기 때문에 이미 회피동작에 들어간 무린이었다.

하지만 타유는 강했다.

상황을 살필 줄 알았고, 예견할 줄도 알았다.

어느새 피하는 무린의 근처로 날듯이 다가와 기형도를 그었다.

깡! 하고 철창에 막히는 도.

하지만 제대로 방어를 못해서 큭! 하는 신음과 함께 무린의 신형이 뒤로 날아갔다.

퍽!

무린이 바위에 처박힌다.

"윽……."

어깨, 그리고 옆구리에서 지대한 통각이 밀려올라왔다. 근육과 신경이 비명을 지르고, 또 지르고 있었다. 절로 이가 갈리고, 눈동자에 핏줄이 섰다.

까드득!

통증을 참느라 이를 악물었더니, 너무 세게 입을 깨물어 이가 부서지는 느낌까지 들었다. 하지만 그럼에도 무린은 튕기듯이 신형을 세웠고, 뛰어올랐다.

퍼걱!

간발의 차로 타유의 도가 바위를 두 쪽 내버렸다. 막았다면? 막기야 막았겠지만 아마 엄청난 고통을 받아야 했을 것이다.

제대로 된 방어자세가 안 됐다면 차라리 피해라.

중천이 가르쳐 준 무리다.

무린도 알고 있었던 무리였다.

그 본능에 따라 충실히 피한 무린은 공중에서 한 바퀴 훌쩍 돌고, 떨어져 내리면서 삼륜을 극으로 끌어올렸다.

이동하라!

그 명령을 받은 삼륜이 철창으로 향했다.

그 후 벼락처럼 내려쳤다.

후우웅!

쩌정!

타유는 도를 들어 올려 막았다.

"큭!"

그러나 중력의 힘까지 더해진 무린의 창을 막은 대가를 타유는 제대로 받았다. 무릎이 강제적으로 굽혀지더니 지면에 닿았다.

빠악!

뻗어낸 무린의 발이 타유의 얼굴에 그대로 처박혔다.

"카!"

비명을 토하며 타유가 뒤로 쭉 날아갔다.

'제대로 걸렸다.'

발등에 걸린 느낌이 아주 제대로였다.

최소 뼈가 부러졌을 것이다.

무린의 느낀 감각처럼 일어난 타유의 얼굴은 피가 터져 나오고 있었다.

코가 제대로 걸렸다.

짓뭉개진 콧대와 콸콸 쏟아지는 코피가 그걸 증명했다.

일격을 허용해서인지, 아니면 코에서 밀려오는 고통 때문인지 타유의 얼굴은 흉신악살처럼 일그러져 있었다.

쿵!

하고 코를 풀더니, 타유가 무린을 무시무시한 기세로 노려보며 왼손으로 코를 잡았다. 그리고 우드득! 소리가 나게 제자리로 돌렸다.

"크으……."

끔찍한 고통이 뒤따랐을 것이다.

그건 못 참겠는지 이빨 사이로 일그러진 신음 소리를 흘렸다. 평범한 이들이 봤으면 단번에 기가 질렸을 것이다.

하지만 무린은 눈 하나 깜짝하지 않았다.

왜냐고?

무린도 저런 경험을 수도 없이 했기 때문이다.

스스로 뼈를 맞춘 적이 무린도 횟수로 열은 그냥 넘는다. 지독한 독심이 동반되어야 가능한 일이지만, 무린도 그만한 독심을 갖추고 있으니 기가 질리는 상황 같은 건 아예 찾아오지도 않았다.

"제법이구나… 크흐흐!"

"……."

붉게 충혈된 눈으로 타유가 이를 갈며 말했다. 하지만 그러거나 말거나, 무린은 그저 담담한 신색으로 타유를 노려봤다.

하지만 무린의 상태도 사실 그다지 좋은 건 아니었다.

이미 어깨와 옆구리에서 올라오는 통증이 뇌리를 장악하기 시작했다. 무린은 왜 그런지도 이미 알았다.

이미 상할 만큼 상했다는 뜻이다.

일륜이 돌고 돌면서 출혈은 멈추게 했지만, 통증까지는 어떻게 하지 못했다. 그나마 통증도 이륜공 덕분에 많이 희석된 통증이었다.

만약 삼륜공이라는 것 자체가 없었다면… 무린은 좌수는 아예 쓰지도 못했을 것이다. 또한, 통증으로 인해 식은땀을 줄줄 흘리며 정신력은 한계까지 몰렸을 것이고, 옆구리나 어깨의 출혈을 막지 못해 아마 의식이 혼미한 상황까지 몰렸을 것이다.

그 모든 상황을 막아준 것은 바로 삼륜공이다.

주인의 신체를 보호하고.

주인의 마음을 지켜주며.

나아가 주인의 적을 처단한다.

이러한 삼륜공이 없었다면 무린은 지금 서 있지도 못했을 것이다.

하지만 그러한 삼류공도 한계는 있는 법.

마르지 않는 샘물은 없듯이, 삼류공도 점차 한계에 임박하고 있었다. 무린은 그걸 지금 확실하게 느끼고 있었다.

'빨리, 빨리 끝내야 하는데⋯⋯.'

심정은 그랬다.

하지만 적장, 타유가 너무 만만치 않았다.

그것 말고도 문제는 너무나 많다.

초원여우.

어느새 기마에 탑승한 악마기병.

사십이 넘게 남아 있는 북원의 전사 등등.

그리고 포위상황.

절체절명.

딱 그 말이 생각나게 하는 상황이다.

"크아아⋯⋯!"

갑자기 타유가 괴성을 질렀다.

아니, 괴성보다는 상처 입은 맹수가 내지르는 포효에 가까웠다.

하긴, 상처 입은 맹수가 맞다. 북원의 장수이니 맹수라 표현해도 부족함이 없고, 코가 개박살이 났으니 상처를 입은 게 맞으니 말이다.

까닥.

"자아, 다시 붙어보자……."

이글거리는 눈동자.

불타는 투지.

타유가 다시금 달려들었다.

무린은 그에 맞서… 그저 창을 내지를 뿐이다.

도망?

불가능하고.

투항?

그것도 불가능하니.

남은 것은 그저 투쟁하는 것뿐.

상황이 너무 안 좋아도, 그저, 그저 싸울 뿐.

무린은 생각했다.

'마치… 북방 같구나.'

이런 생사를 가르는 상황. 그곳에서는 정말 지긋지긋하게
겪었다. 몇 번이나 겪었는지 기억도 안 날 정도였다.

그 때문인가.

아련함이 생겼다.

무린의 입가에 미소가 맴돌았다.

하지만 두 눈동자는, 북방에서도 그랬듯이 불길이 활활 타
오르기 시작했다. 생존, 생존, 생존…….

오직 살아남겠다.

그 한 가지 이유를 위해, 무린의 혼이 다시금 거세게 타오르기 시작했다.

다만.

부디.

마지막 불꽃이 아니기를…….

*   *   *

쩡!

타유의 검이 이제는 궤적을 그리며 떨어졌다.

비스듬히, 반원을 그리며 떨어졌다. 마치 물고기가 유영하듯이 유려한 선을 그렸다. 무린은 이제야 타유가 전심전력으로 나섰다고 생각했다. 최초의 무식한 공격보다는 이제 선을 그리며 목줄을 뜯으려 했기 때문이다.

일격필살도 사라졌다. 다만 일격을 먹인다는 식의 공격이 시작됐는데, 사실 이게 더욱 무서운 법이다.

그러나 무린은 막아냈다.

고도로 집중된 정신력.

그 정신력을 바탕으로 열린 감각이 타유의 기형도가 노리는 위치를 파악한 탓이다. 내력과 내력이 부딪치고, 공간이

압축되어 터졌다.

후폭풍이 생기고, 바람이 조각조각 비산했다.

삭!

무린의 볼에 가느다란 혈흔이 생겼다.

거죽만 살짝 베였기에 피가 흘러나오지는 않았지만 그럼에도 충분히 위협적이었다. 조각난 바람은 무린은 물론 타유의 내력 조각이 담겨 있었으니 말이다.

튕겨 나간 타유의 도가 허공에서 멈추더니, 곧바로 바닥을 쓸어왔다. 노리는 곳은 허벅지. 기동성을 죽이는 데는 가장 최적의 부위였다.

그러나 맞아줄 무린이 아니다.

슬쩍 공중으로 뛰어올라 피하고, 체공이 정점에 도착한 순간 창을 내질렀다. 촤락! 하고 뻗어나간 철창이 타유의 목젖을 노렸다.

드득!

굽혀지는 상체에 무린의 철창은 허망하게 공간을 뚫었다. 그리고 그 순간 무린은 급히 창을 반대로 당겼다.

반동을 주어, 잡아채듯이 당기자 급속도로 회수되는 철창. 무린은 창을 회수하고 지면에 발이 닿는 그 순간에 다시 박찼다.

무린을 튕기듯이 물러난 공간을 어느새 기형도가 가르고

지나갔다. 피하는 그 순간에도, 상체가 뒤로 젖힌 그 순간에도 손목을 뒤집어 반대로 당긴 것이다.

무린은 바닥에 떨어지자마자 진각을 밟았다.

쿵! 소리가 나며 대지가 흔들렸고, 무린의 허리, 어깨, 손목이 고속으로 비틀렸다. 전사력을 내포한 찌르기가 펼쳐진 것이다.

좌아아악!

대기가 찢어진다.

귀곡성마냥 울려 퍼지는 소음을 동반한 채 무린의 창은 어느새 다시 세워지는 타유의 상체를 노렸다.

"흐악!"

거친 기합이 들려온다.

어느새 천공으로 향한 기형도를 양손으로 잡고 그대로 벼락이 치듯이 내려꽂혔다.

까앙……!

기형도는 무린이 내지른 창의 날, 그 끝을 정확히 때렸다.

"큭!"

중간도 아닌, 끝을 내리쳐서 무린의 철창은 그대로 땅에 처박혔다. 물론, 그만한 내력이 충분하게 담긴 일격이었다.

번뜩!

순간 타유의 두 눈에 기광이 흘렀다.

기잉!

그걸 확인하는 즉시 무린의 뇌리로 경고성이 다시금 울렸다. 타유가 무린의 목숨을 위협할 일격을 준비하는 것이다.

'피해? 막아?'

순간적으로 생각이 교차했다.

하지만 어떤 일격을 준비하는지 알지 못하니 함부로 결정을 할 수가 없었다.

츠즈즈즈.

타유의 자세가 낮아졌다.

그리고 기형도가 회수되며 뒤로 숨겨진다.

그 순간 무린은 깨달았다.

'발도……!'

거리는 약 오 보 정도.

굉장한 근거리다.

후우…….

내뱉는 숨과 함께 타유의 발도가 터졌다.

번쩍이는 광체가 터졌다.

물론 정말 터진 건 아니지만, 시각적으로 쫓아가기 힘든 발도술이 펼쳐진 건 변함이 없다. 그걸 자각한 순간, 지금껏 무수히 많은 상황에서 절체절명의 그 순간에서 무린을 살린 본능이 속삭였다.

피해……!

기이잉……!

무린은 그 본능을 그 즉시 받아들이고, 상체를 뒤로 당겼다. 무풍형을 극으로 끌어올리고, 즉시 용천으로 보낸 다음 신형을 뒤로 뽑았다.

스아악!

그그극!

팅!

반치? 아니면 그 보다 더욱 짧은 틈일 것이다. 무린이 겨우 발도술을 피한 간격은 겨우 그 정도뿐이었다. 그러나 완전하진 못했다.

"……"

"……"

타유가 자세를 바로세우며 무린을 바라봤다. 그러나 무린은 시선을 내려 자신의 가슴을 노려봤다.

갈라지는 백의, 그리고 그 안에 입은 가죽으로 된 갑주도 갈라졌다. 무린은 분명 피했다. 반치, 그보다 더 좁은 간격의 차로. 하지만 타유의 발도술은 내력을 발출했다.

순속에 피한다고 해도 그 후의 발출된 도기가 뒤따른 것이다.

물론, 무린은 그 발출된 도기까지 막았다.

정확히는 튕겨낸 게 맞을 것이다.

하지만 그것도 완벽하지 못했다.

스으응.

벌어진 틈새에서, 갈라진 살에서 조금씩 베여 나오는 핏물이 보였다. 화끈한 격통이 그 다음으로 찾아왔다.

그렇게 가슴의 상처를 바라보고 있는데 타유가 입을 열어 무린에게 말했다.

"그걸… 막아?"

어눌하고, 억양이 강한 한어지만 무린은 알아들었다.

그리고 시선을 들어, 타유를 바라봤다.

타유의 말이 맞다.

무린은 완벽하진 못하지만, 막았다.

완벽하진 못했다는 건 가슴이 아예 베이지 않았기 때문이다. 살가죽이 조금 깊게 베여 피가 나는 것으로 끝난 이유는 타유의 발도술이 실패했기 때문이다.

기잉.

소리 없이, 적에게는 들리지 않는 소리를 내며 일륜이 돌았다. 주인을 보호하는 공능은 강제적으로 가슴에서 나는 출혈을 막아갔다.

괜히 신공이 아니다.

"대단하군. 정말. 대단해. 괜히 죽여 달라고 한 게 아니었어."

"죽여 달라? 나를?"

타유의 말에, 무린은 곧바로 의문이 들었다. 하지만 타유는 그저 비릿한 미소를 지을 뿐이었다.

무린은 깨달았다.

지금 이 상황은, 누군가가 자신의 죽음을 바라서 만든 상황이라는 것을.

그러자 최초로 드는 의문은 역시 '자신의 죽음을 바라는 게 누구냐' 라는 것이었다. 하지만 무린은 감이 잡히지 않았다.

무린이 다시 출도하고 원한을 맺은 일이라고는 딱 한 명밖에 없었다.

혈사룡.

그의 행사를 가로막아 생긴 원한, 그게 전부였다.

'하지만 혈사룡은 이런 일을 꾸밀 위인이 아니지.'

차도살인지계 같은 방법을 택할 인간이 아니란 소리다.

남의 손을 빌기보다는, 차라리 자신이 직접 목을 치는 걸 택할 인간이 바로 혈사룡이다. 그의 긍지는 강하고, 자존심은 높다.

그걸 무린이 찍어 눌렀다.

그러니 다시 회복하기 위해서라도 본인이 직접 움직였을 것이다. 물론 단정 지을 수는 없지만 무린은 혈사룡과 나눴던 대화에서 혈사룡이 어떤 인간이지는 알 수 있었다.

그러니 혈사룡은 아니다.

그렇다면 누가?

떠오르지 않는다.

하지만 한 가지는 알 수 있었다.

'마도육가와 손을 잡았군.'

그것 하나는 알 수 있었다.

어차피 예상했던 일들 중 하나다.

'대가는? 요녕성.'

이것도 알 수 있었다.

요녕성.

산해관과 맞닿아 있다.

즉, 북경에서 코앞의 거리란 소리다.

'모용세가뿐만이 아닌, 심양군부까지 노린 일이다. 그렇다면……'

무린의 사고는 순식간에 쭉쭉 뻗어나갔다.

이 하나로 알 수 있는 것들이 금방금방 알을 깨고, 어둠속 장막을 벗고 하나둘씩 나오고 있었다.

'마도육가와, 정도오가와의 대회전을 통해 혼란해진 그 틈, 촉각을 곤두세우고 있을 무렵 그 틈새, 혼잡하고 정신이 없는 그 순간에 북원의 정예가 심양군부를 친다. 심양군부가 궤멸하면 요녕성의 병력은 그냥 마비된다. 남은 북원의 잔당이 들어와 순식간에 잡아먹겠지. 가능할까? 가능해. 확실히 가능한 이야기다. 모든 정보는 하오문이 공작하고, 통제하고 있으니까 대처할 수가 없어. 이렇게 되면 대회전에서 버틴다고 해도 뒤이어 밀고 들어오는 북원의 잔당에게 전멸이다.'

완전한 그림이 그려졌다.

그리고 그 그림은…….

강호는 물론, 황권전복까지 이어지는 일이었다.

'작정을 했군…….'

마도육가도, 북원의 잔당도.

이 땅, 요녕성에서 모든 것을 끝내던가, 아니면 다시 시작하려 하고 있었다. 무린은 느꼈다. 아니, 다시 태웠다.

생존.

'내가 살아가지 못하면…….'

비천대.

그들도 아마…….

희망이 없어도 좋다.

절망밖에 없어도 좋다.

그래도 포기해서는 안 된다.

아무런 의미도 없이 비천대를 이 땅에서 죽게 할 수는 없었다. 더불어… 무린이 했던 약속들이 떠올랐다.

무혜, 무월, 려, 그리고 어머니.

포기하자.

포기해.

너는 죽을 거야…….

혼심이 속삭인다.

마치 여인네가 귀에 대고 말하는 것처럼.

요염하고, 아찔하게 속삭였다.

<u>호호호!</u>

포기하세요.

그러면 편하답니다.

저와 함께…….

이곳에서 놀아요…….

네……?

주지육림이 떠오른다.

농담이 아니라, 정말 환상처럼 무린의 뇌리에 떠올라 시각을 빼앗았다. 그 후 차례차례 오감을 잡아먹었다.

혼심(混心).

불가해(不可解).

그 악마의 공부.

무린을 극적인 상황에서 뒤흔들기 시작했다.

"아……."

감각이 마비되는 느낌이 왔다.

힘이 빠지고, 탄식까지 흘렀다.

하지만…….

웅웅!

기이잉……!

그런 주인을 지키고자, 이륜이 발악을 한다. 그리고 아주 잠시간… 무린의 오감이, 이성이 제 자리를 찾았다.

그리고 그 찰나.

무린은 붉게 충혈 된 두 눈으로, 입을 천천히 벌렸다.

이윽고.

닥쳐……!

쩌렁!

숲이, 산이, 바르르 떨었다.

무린은 상체를 숙이면서 거대한 외침을 토했다. 꺼져! 닥쳐! 저리 가버려! 나는 포기하지 않는다! 살아 돌아간다!

반드시… 귀환할 거란 말이다!

북방!

그 지옥에서도 버텼다!

십오 년을!

그 셀 수도 없는 나날을!

매 순간이 지옥 같던 나날들을 가족을 위해 버텼다!

그러니…….

나는 다시 돌아간다.

내 동료에게.

내 가족에게.

나를 기다리는 사람들의 품으로…….

돌아간다.

그러니.

나는…….

나는 포기하지 않는다.

어느새, 무린은 비웃음을 짓고 있는 타유의 전면에 도착해 있었다. 그런 무린의 이마에 떠있는 삼륜의 광채는 그 어느 때보다 휘황찬란했다.

第七十四章 불굴(不屈) · 투지(鬪志)

흡!

타유가 헛바람을 들이키는 그 순간 이미 무린의 창이 어깨를 내려치고 있었다. 그야말로 눈 깜짝할 사이에 벌어진 일이었다.

"큭!"

쩌정!

급히 들어낸 기형도의 면으로 무린의 창을 막았지만 제대로 내력을 주입하지 못해 힘에서 그대로 밀렸다.

픽! 소리와 함께 자신의 도가 자신의 어깨를 때려버리자 짧은 신음과 함게 타유가 뒤로 밀려났다.

상당한 고통이 뒤따랐을 것이다.

그러나 무린은 안심하지 않았다.

일격을 먹였다 한들, 목숨을 끊지 못하면 의미가 없기 때문이다. 무린의 좌수는 내려가고, 우수는 올라갔다. 단순한 동작이 아닌 손목을 털어 힘을 줬다.

동작은 빠르게, 반동을 툭 주니 무린의 철창이 허공으로 휙 치솟았다. 그러자 철창의 창날이 독사처럼 타유의 목젖을 노렸다.

주춤 물러나는 순간이라 타유는 기세를 느꼈지만, 제대로 회피동작을 하지 못했다. 하지만 절정의 경지에 이른 그의 무력은 그 순간에도 도를 들어 방어동작을 가능하게 만들어줬다.

까강!

막혔다.

퍽!

그러나 창에 담긴 힘은 그대로 타유의 도를 쳐서, 오히려 도가 타유의 턱을 올려치게 만들었다.

크윽! 하고 타유가 신음을 내면서 연신 뒷걸음질 친다.

스스스스.

그런 타유를 무심한 눈으로 보는 무린은 현재 새로운 세상을 보고 있었다.

일렁거리는 시야. 아니, 세상.

기묘한 감각에 무린은 휩싸여 있었다.

'이건……'

상대보다 빠르다.

마음먹은 순간, 원했던 상황이 만들어진다.

화공(畵工)이 원하는 그림을 그리는 것처럼, 무린도 원하는 세상을 그리고 있었다. 짜릿하고 시원한 감각이 등줄기를 스쳤다.

불현듯 드는 생각.

'한 걸음… 내디뎠다.'

무(武)의 성장이 멈춘 건 아니었다.

꾸준히, 아주 조금씩이지만 무린은 실전과 함께 계속해서 성장하고 있었다. 하지만 그렇다고 크게 한 발자국씩 늘어나는 건 아니었다.

느리고, 느렸다.

하지만 지금은 크게, 제자리서 크게 뛴 것 같은 느낌이 들었다.

뭐랄까, 이 느낌은……. 보는 세상이 넓어졌다고 해야 할까?

'이 감각이 사라지기 전에……'

하지만 무린은 다른 것도 느꼈다.

이게 영원하지 않을 거라는 사실을 말이다.

쿵!

내딛는 발.

당겨지며 비틀리는 허리, 그리고 어깨.

흐읍……!

들숨과 함께, 비틀렸던 허리와 어깨가 풀렸다. 제자리로 돌아오고, 다시 반대쪽으로 비틀렸다.

그리고 그대로 우수가… 아니, 철창이 쭉 뻗어나간다.

슈아악…….

빙글 돌기 시작한 철창은 이미 그 끝에, 삼륜공의 강대한 내력을 머금고 찬란하게 빛나고 있었다.

무린의 힘에 위해 가속도를 얻은 철창은 어느새 타유의 복부에 도착해 있었다.

쩌저정……!

그러나 기형도를 내리고, 눕혀 면으로 막는 타유였다.

그극!

그그극!

그 순간에 삼륜공의 특성이 발휘됐다.

갉아먹듯이 회전하는 삼륜.

날카로운 관통의 특성으로, 기형도에 담긴 타유의 내력을 파헤쳤다. 청각을 자극하는 기음이 터졌다.

그극! 그그극! 거리면서 붉은 색채의 파편이 튀기 시작했다. 회전하며 도는 삼륜이, 타유의 내력을 마치 흙 푸듯이 파헤치고 있었다.

쩡!

파삭!

타유의 기형도가 이내 갈라지더니, 깨졌다.

사방으로 비산하는 기형도의 파편을 무린은 두 눈에 담았다. 아름답다. 동시에 기묘한 울림이 느껴졌다.

툭!

무린의 철창, 그 날카로운 끝이 타유의 복부에 닿았다. 뚫지는 못하고, 그저 툭 닿았다. 하지만······.

그그극!

철창에 담긴 삼륜의 내력은 사라지지 않았다.

갑주를 파먹고, 그 안에 숨은 살갗을 파헤쳤다.

푸확!

그리고 뒤로 뚫고 나왔다.

"······."

"······."

스윽.

무린은 철창을 회수했다.

그러자 타유가 자신의 복부로 시선을 내렸다가 다시 무린에게로 향했다. 그리고 입술을 뻐끔거리더니 천천히, 힘겹게 물었다.

"나는… 타유. 네 녀석은……?"

"……."

침묵하는 무린이었다.

마지막 생명의 혼.

무린은 끝까지 침묵할까 하다가 입을 열었다.

"무린… 진무린이다."

담담한 그 대답에, 타유의 얼굴에 작은 미소가 맺혔다. 그리고 천천히 고개가 숙여지더니, 그대로 쓰러졌다.

휘이이잉…….

장내에 싸늘한 바람이 잠시 머물렀다가 모두에게 소름이라는 것을 선사하고 떠났다. 무린은 신형을 돌렸다.

그러자 경악하고 있는, 혹은 분노하고 있는 북원의 잔당들이 보였다. 그들은 생각지 못했던 상황이었을 것이다.

피식.

전장에서 생각 못했던 상황이 어디 있나.

누구도, 언제든지 죽을 수 있는 곳이 전장인데.

'지금, 지금이 마지막이다.'

간질거리는 감각이, 아직은 유지되고 있다.

이 순간에 불굴의 의지를, 투지를 태워야 한다는 걸 무린은 본능적으로 눈치챘다. 가볍게 돌아보는 시선 속에 딱 한 군데, 병력이 적게 집중된 곳이 보였다.

옆구리를 한 번 만져보니, 조금씩 피가 새어 나오기 시작했다.

지혈된 곳이 과격한 움직임으로 다시 터진 것이다.

기이잉.

자각하니 일륜이 움직였다.

그리고 일륜이 움직이는 순간, 무린의 신형은 이미 바람이 되고 있었다.

쫘드득!

멍하니 있던 북원의 전사의 어깨를 창대로 후려쳤다.

크악!

으스러진 어깨에서 올라오는 통각 때문에 강인한 전사의 입에서 비명이 터졌다. 그리고 그 비명이 다시금 혈투의 도화선에 불을 붙였다.

*   *   *

빠각!

어깨를 깨부순 직후 무린은 휘청거리는 북원의 전사를 걸

어챴다. 제대로 걸렸기에 전사의 신형이 붕 떴다가 그 뒤에 있는 동료들을 덮쳤다.

물론, 그들은 동료를 받지 않았다.

오히려 옆으로 쳐냈다.

그리고 그 순간, 잠시 그들의 시야가 막혔던 공간으로 무린이 튀어나왔다.

벼락같이 내지른 찌르기 공격이 펼쳐진다.

푹! 소리와 함께 창날 깊숙이 심장을 쑤셨다가 곧바로 빠져나왔다. 그리고 핏물을 떨쳐내려는지 우측으로 길게 그었다.

스악!

사선으로 내려간 창날이 달려들던 전사의 허벅지를 길게 그었다. 핏물이 튀고 비명을 지르며 전사가 쓰러졌다.

창날 전체가 파고들었다가 나왔으니 근육은 물론 혈관까지 죄다 끊어졌을 것이다.

거동불가.

그건 전력이탈을 의미한다.

무린의 신형이 빙글 돌았다.

푹!

그러자 기형도가 무린이 발이 있던 자리에 처박혔다. 그걸 확인한 무린의 발이 날개처럼 펴졌다.

빡!

펴진 날개는 턱을 후려쳤다.

뇌를 뒤흔들린 전사는 그대로 땅에 고꾸라졌다. 지면에 착지한 두 다리가 굳건하게 버티어 서고, 상체를 틀면서 창을 반원으로 휘둘렀다.

촤락!

석, 서걱!

근접했던 전사 둘이 가슴이 갈렸다.

돌던 탄성은 그대로 유지하고 무린의 하체가 굽혀졌다. 그러자 창의 궤적은 낮아지는 자세를 따라 같이 낮아졌다.

스가각!

다시 전사 둘의 무릎을 정확히 가르고 회전한 철창은 어느새 펴진 자세 때문에 중단으로 올라와 있었다.

타다닷!

무린은 다시금 달리기 시작했다.

공간이 생겼으니 거침없는 무풍형의 질주가 이어졌다.

흠칫! 놀라는 전사의 얼굴이 보였다. 다른 전사들에 비해 마음이 여리거나, 독심이 부족한 모양이었다.

하지만 그렇기 때문에 무린은 그 전사를 목표로 삼았다.

부웅 뛰어오른 신형. 그리고 무릎을 접어 그대로 가슴을 찍었다.

컥! 하는 비명과 우드득! 하는 무시무시한 소리가 뒤따라 들렸다.

동시에 눈동자에서 빛이 꺼져가는 걸 확인한 무린은 애도 따위는 저 멀리 던지고, 창대로 머리를 후려쳤다.

또다시 우득! 하는 소리와 함께 전사의 목이 비정상적으로 꺾였다.

볼 필요도 없다. 요번 일격으로 즉사다.

마음이 약하면 발악조차 못하고 죽을 뿐이다.

전장에서 양은 제일 먼저 잡아먹힌다.

어떻게 북원의 전사부대에 들어왔는지는 모르나, 약한 게 죄다. 왜? 이곳은 전장이니까.

그런 법칙에 따라, 무린은 눈동자에 공포가 깃든 전사들을 제일 목표로 잡았다.

빡!

창대가 다시 어깨를 내려쳤다. 도를 들어 막았지만 부딪치는 즉시 챙! 하는 맑은 소리와 함께 깨져 나갔다.

북원의 전사는 보병이다.

악마기병이나 초원여우처럼 내력을 키운 부대가 아니다.

예전이라면 북원의 전사들도 상대가 어려웠겠지만, 지금은 아니다.

무린은, 비천객은 강하기 때문이다.

더욱이 생존을 위해 불굴의 투지를 태우고 있었다.

원래의 능력보다 최소한 몇 수는 위의 무력을 무린은 지금 보여주고 있었다.

도가 떨어지고, 무린은 그걸 스치듯이 피했다. 그리고 동시에 한 발자국 전진한다. 훤히 드러난 상체에 좌장을 먹였다.

퉁! 소리와 함께 구멍이 휑하니 뚫렸다.

피가 분수처럼 솟구치고, 순식간에 피바다가 형성이 됐다. 잔인하다? 그런 웃기는 소리는 저 멀리 아무도 없는 곳에서 해야 할 것이다.

지금 이 순간.

죽이지 않으면 내가 죽는 순간인 지금은 그 어떤 짓도 용서가 된다.

웃기겠지만, 살인조차 정당화되는 곳이 바로, 전장이다.

"큭!"

처음으로 무린의 입에서 짧은 신음이 흘러나왔다. 북원의 전사가 휘두른 기형도가 옆구리를 쳤기 때문이다.

물론 일류으로 막았지만, 충격까지 막지는 못했다.

흘러들어온 힘이 상처부위를 헤집자 결국 신음이 나온 것이다.

신음에서 희망을 보기라도 한 걸까?

북원의 전사들의 두 눈에 더욱 흉포한 감정이 깃들었다.

흉신악살처럼 아군을 부수고 도륙하던 무린도 결국 고통

에 신음을 흘리는 인간이라는 것을 깨달은 것이다.

북원의 전사 하나가 소리쳤다.

"옆구리와 어깨다!"

거친 북방의 언어가 들려온다.

그러나 무린은 알아들었다.

그곳에 있던 세월이 얼만데 못 알아들을까.

휙!

무린은 그 말을 소리친 전사에게 시선을 돌렸다. 그리고 확인하는 그 순간 이미 신형은 움직이고 있었다.

스악!

자리를 빠져나간 공간으로 기형도가 대기를 찢어발기며 지나갔다. 찰나의 순간에 피한 것이다.

공격한 전사가 고개를 들어 무린을 확인했을 때 이미 무린은 창대를 위에서 아래로, 무시무시한 기세를 담고 내려찍고 있었다.

빠악!

빠르다.

순속의 무풍형은 감히 북원의 전사가 무린의 공격을 피할 생각조차 못하게 만들었다. 무너지는 적을 확인하고, 무린은 다시 시선을 돌렸다.

먹이를 찾기 위함이다.

빈 곳을 다시 찾기 위함이다.

'좌측!'

보였다.

무린이 날뛴 덕에 포위망이 흔들린 것이다.

'셋! 단번에 해결한다!'

마음을 먹는 순간, 이미 신형은 그곳으로 파고들고 있었다.

흠칫!

놀란 전사의 얼굴을 확인하고, 다시 이를 악물고 도를 바로 세우는 모습도 확인한다. 하지만 이를 악문다고 무린의 일격을 막을 수 있는 건 아니다.

슈아악!

무린은 뇌리를 울리는 경종과 자신을 물어뜯을 기세를 동시에 느꼈다. 옆구리, 어깨, 등 한복판. 그리고 허벅지, 종아리, 마지막은 뒤통수를 노리는 독니들이 뿌리는 기세다.

'빌어먹을!'

자신이 포위망을 뚫으려고 하자 숨어 있던 초원여우들과 차륜전을 관전하던 악마기병들이 쏘아낸 비도와 화살들이었다.

드득!

무린의 신형이 곧바로 뒤로 돌아갔다.

웅웅!

이마 앞에 명멸하는 삼륜, 개방된 상단전, 그리고 기묘한 가시감이 함께하는 무린의 좌수가 움직였다.

팅, 티딩!

피하고, 쳐내고, 쳐내고, 피하고, 피하고, 쳐내고, 모든 독니를 막은 무린의 신형이 다시 빙글 돌았다.

'뚫는다!'

이곳밖에 없다는 판단으로 다시금 달려들었다.

퍽!

늘어나듯이 뻗어나간 철창이 가장 앞에 전사의 가슴을 뚫었다. 비틀어 뽑아내자 피가 솟구치면서 무린의 신형을 뒤엎었다.

피분수를 통과한 무린의 신형이 다시 날았다.

비릿한 혈향이 바람결을 타고 흐른다. 무린의 무릎도 같이 흐르듯이 전사의 가슴팍에 틀어박혔다.

쇄골부터 내려찍어 아예 함몰이 되자, 전사의 눈동자는 흰자위로 금방 그득하게 된다. 이미 전투력을 상실하고 무너진 전사는 무시하고, 마지막으로 길을 막고 있는 북원의 전사가 무린의 시야에 잡혔다.

"흐아아!"

달려들더니, 기형도도를 두 손으로 내려쳐 왔다.

그극! 팅!

무린의 좌수가 도의 날을 그대로 후려쳤다. 그 반동에 어깨가 확 들리면서, 상체가 완전하게 노출이 됐다.

오른발이 지면을 쓸면서 발자국 앞으로, 그리고 상체가 회전하며 좌수가 원을 그리며 다시 역동하는 기세를 담고 갔던 길을 되돌아 왔다.

그리고 턱을 밑에서부터 올려쳤다.

"컥……."

부웅 뜨는 전사의 신형.

직후 두 발이 동시에 떴다가 앞으로 향했다.

그리고 어깨치기.

퍽!

전사의 신형이 뒤로 쭉 날아갔다.

동시에 무린의 두 발이 다시금 움직였다. 급가속을 받아, 어느새 주변 풍광이 휙휙 지나가기 시작했다.

아래로 향하는 비탈길이 펼쳐졌다.

무린은 날았다.

그 순간, 또다시 뇌리에 경고가 울렸다. 무시무시한 기세를 담고, 화살 한 발이 무린의 등을 노리고 날아왔다.

하지만 무린은 공중에 떠있는 상태였다.

거기다가 눈앞은 비탈길이 펼쳐져 있었다.

이를 악문 무린은 그 찰나에 일류을 등으로 돌렸다.

쩡!

"컥……."

화살은 튕겨 나갔지만, 무린의 상체는 활처럼 반대로 접혔다. 허리 위를 때린 강렬한 한 방에 몸이 반대로, 강제로 접힌 것이다.

동시에 시야가 흐려졌다.

흐릿해져가는 시야는… 무린의 정신이 날아가고 있다는 것을 의미했다.

착지?

못했다.

그대로 바닥에 떨어진 무린은 비탈길을 온몸으로… 굴러 내려갔다. 무린은 한참을 구르고 또 구를 수밖에 없었다.

퍽!

그 진로를 가로막은 나무에 부딪쳐 무린의 신형이 멈췄다.

"크윽, 크으으……."

지독한 통증이 전신을 내달렸다.

흐릿한 시야를 바로잡아보려 하지만 그게 마음대로 되질 않았다. 허리, 어깨, 옆구리, 온몸 사방팔방에서 올라오는 통증은 근육이 비명을 지른다는 증거였다.

혹사.

그래… 이미 혹사당한 무린의 육체였다.

흐릿한 시야 사이로 전면에. 아니, 주변에 어느새 북원의
전사들이 다시 포위망을 형성하는 게 보였다.

"……."

입가를 타고 피가 흘러나왔다.

역류한 피인지, 입술이 터져 나오는 피인지조차 분간이 안
갔다. 근육은 비명을 지르고, 더 이상 못 움직인다고 아우성
을 치고 있었다.

고통?

이게 고통인가?

익숙해서… 마치 잊고 있었던 감각을 다시 돌려받은 느낌
이다.

'아…….'

저절로 무린은 속으로 탄식을 흘렸다.

이렇게, 이렇게…….

'허무한 끝을…….'

맞이해야 하는가…….

더없이 허망하게…….

아무것도 이루지 못하고…….

끼야하!

전사 하나가 도를 들고 무린의 정수리를 내려쳤다.

＊　　＊　　＊

화르르.

희미하게 타오르는 불꽃. 그 불꽃은 아직 꺼지지 않았다.

퍽!

힘겹게 고개를 비틀어 피하자 기형도가 무린이 등진 나무
에 깊게 박혔다. 원래라면 무린이 피했어도 그대로 밑으로 갈
랐어야 했지만, 흥분으로 인해 거리조절에 실패해 생긴 결과
였다. 그 짧은 찰나를 무린은 놓치지 않았다.

힘없이 뻗어나간 주먹이 복부를 가격했다.

퍽! 소리와 함께 전사의 신형이 뒤로 붕 떠서 날아갔다. 그
리고 이내 움찔거리더니 컥! 하고 피를 토해냈다.

삼류의 내력이 내부를 완전히 터뜨린 탓이다.

굳이 내력의 특성을 따라 관통만 하라는 법은 없다. 내력이
란 주인의 의지를 따르는 법이다. 무린은 내가중수법 또한 중
천에게 배워 쓸 줄 알았다.

스으윽.

무린은 나무에 등을 기댄 상태에서 그대로 일어났다. 하체
가 부르르 떨렸지만 일어날 정도의 힘은 남아 있었나 보다.

"후우, 후우, 하아……."

호흡을 가다듬는다.

호흡이란 모든 동작의 기초가 된다. 들숨과 날숨의 차이를 깨우치지 못한 무인은 없다. 당연히 무린도 알고 있기 때문에 가장 먼저 진정시켰다.

제멋대로 호흡이 움직이면, 육체는 더욱 더 빨리⋯ 심연으로 가라앉을 게 분명하기 때문이다.

다가닥.

악마기병 하나가 다가왔다.

머리에 달린 세 개의 뿔.

조장급 악마기병이었다.

이자가 무린에게 치명상을 선사한 장본인이었다.

그의 입이 열리더니 유창한 한어가 흘러나왔다.

"대단하군. 타유를 죽인 것도 모자라 이 정도까지 반항을 하다니. 그대는 존경할 만한 가치가 있는 무인이구나."

"큭⋯⋯."

그 말에 무린의 입에서 반사적으로 조소가 흘렀다. 자신의 운동능력을 거의 멈추게 해버린 자가 이런 말을 하다니.

우습지 않은가.

좀 전, 무린의 등을 강타한 화살을 날린 건 이자다.

세 개의 뿔은 악마 중에 악마라 칭해진다.

나서지 않아서 그랬을 뿐이지, 아마 이 자가 타유 앞에 나섰으면 타유는 머리를 숙여야 했을 것이다.

조장이라는 별 볼일 없어 보이는 직업이긴 해도, 전사들을 이끄는 천부장보다는 월등히 높은 계급이었기 때문이다.

"아까 타유가 말했지만, 확실히 전투를 알아. 그것도 전장에서나 볼 전투방식이다. 명군이었나?"

"그렇다."

무린은 이번에는 대답했다.

대신 조용히 삼륜공을 돌렸다.

조금이라도 회복해야 했기 때문이다.

무린의 대답에 악마조장이 고개를 끄덕였다.

"그렇군. 역시 그랬어. 명군 척후병의 움직임이 보였지. 상황파악과 도주에서 말이야. 몇 년을 있었지?"

"십오 년."

"이런, 나보다도 오래있었군. 나는 이제 십년 째인데 말이야."

울림이 좋았다.

그가 투구를 벗었다.

그러자 강인한 북원의 사내가 보였다.

선이 굵고 이목구비가 굉장히 뚜렷했다.

그러거나 말거나, 기잉거리면서 삼륜공은 남몰래 돌고 있었다.

역시 신공인가. 정좌를 하지 않고도 삼륜공은 무리 없이 돌고 있었다.

"내 이름은 구유칸이다."

"진무린."

시간을 벌기 위해 무린은 말 잘 듣는 개처럼 착실하게 대답했다. 수치? 그런 게 생길 리가 없었다.

살기 위해서라면, 조금의 내력을 더 보충할 수 있다면, 할 수 있는 짓은 뭐든지 할 무린이었다.

그런 생각을 하면서, 무린은 다시 악마조장의 이름에 흠칫 놀랐다.

'구유칸? 칸의 호칭이 붙는다?'

대대로 북원은 지도자에게 칸의 호칭을 붙였다.

그건 역사가 증명한다.

일대인 테무친 징기스칸을 시작으로 정식 지도자들은 전부 칸의 호칭을 사용했다. 즉, 왕이라는 소리다.

그런데 이자가, 칸의 호칭을 사용하고 있다.

왕일 리는 없다.

'그렇다면⋯⋯.'

왕족이거나, 왕에 버금가는 뭔가를 지녔다는 뜻밖에 없다. 무린은 그렇게 생각하자 등줄기가 서늘해졌다.

'칸의 이름을 가진 자가 이곳에 있다. 완전히 사활을 걸었

다는 말이 된다. 흑산 이곳에는…….'

무지막지한 병력이 숨어 있을 것이다.

그저 무린을 잡으려고 이 정도만 출정한 것이지, 더 있을
거란 소리다. 상상, 그 이상의 병력이 말이다.

무린은 자신이 정말 호랑이굴에 들어왔다는 걸 깨달았다.

이 모든 정보의 출처는…….

'운삼…….'

녀석이 나를 일부러? 무린은 그 생각이 들자마자 고개를
저었다. 그럴 녀석이 아니었다. 자신에게 누구보다 고마워한
녀석이 운삼이다.

사람 보는 눈은 있다.

자부할 수도 있다.

운삼은 아니다.

그는 그저, 흑산에 북원의 잔당이 있다. 라는 정보를 받고
무린에게 보낸 것이다. 아마 그도 이 정도일 줄은 몰랐을 것
이다.

알았다면, 아예 흑산에 대한 것은 싹 빼고 보냈을 것이다.
왜? 말했다면 무린이 위험했을 테니 말이다.

아니면 보내더라도 절대로 가지 말라고 말했을 것이다.

'내가 죽기를 바라는 누군가가 있다…….'

남궁가?

설마…….

남궁현성은 절대 이런 방법을 쓸 위인이 아니다.

정통의 핏줄을 타고, 의, 그리고 협에 목숨을 거는 건 남궁현성이 아마 남궁세가 내에서도 가장 독할 것이다.

혈사룡도 아니었다.

그는 정면승부를 할 위인이다.

그렇다면 남은 건.

'내가 모르는 누군가.'

적이 있다는 소리다.

'타유라는 자도 그랬지. 나를 반드시 죽여 달라는 부탁을 받았다고.'

그 말을 생각하니 더욱 확실해졌다.

무린은 그런 마음을 감추고 천천히 입을 열었다.

"왜… 왜 이렇게 일을 크게 벌였지? 요녕성을 먹는다고 명나라를 삼킬 수 있는 건 아니라는 것을 알 텐데."

무린의 질문에 구유칸이 입가에 미소를 지으며 말했다.

"알지, 알다마다. 수십만 명군이 남았고, 그런 수십만 정병보다 무서운 강신단도 남았지."

"알면서 왜지? 악마기병… 강신단과 붙으면 이긴다고 자신하나?"

"자신하진 못한다. 하지만… 양패구상이지."

양패구상……

무린은 생각해 봤다.

자신이 직접 본 강신단. 무적단주 이무량의 무력과 지금 직접 겪고 있는 악마기병의 무력을 생각해 봤다.

'악마기병에 강신단주만 한 인물이 있다면……'

진짜다.

양쪽은 부딪치는 순간, 팽팽하게 싸울 것이다. 그리고 그건… 끝까지, 끝까지 그렇게 흐를 것이다.

즉, 둘 다 궤멸이다.

어차피 이자, 구유칸의 무력만 해도 강신단 조장들에 필적하니 말이다.

"양패구상이라… 서로 결정적인 패를 버리고 나면, 대체 무엇으로 싸울 생각이지?"

"후후, 하하하. 근데, 그럴 일은 없다."

"그럴 일이 없다고?"

"그래, 명의 무인이여. 그대는 북방에서 오랫동안 있었다 말했다."

"……"

무린은 고개를 끄덕였다.

그러자 구유칸이 바로 말했다.

"강신단과 그대가 우리를 부르는 이름, 악마기병이 붙었다는 소리를 들어보았나?"

"……."

찌릿.

벼락이 무린의 뇌리를 강타했다.

'없었다…….'

무린은 단 한 번도, 강신단과 악마기병이 붙었다는 소리를 들어본 적이 없었다. 있었어도 그저 헛소문에 불과했다.

"없었겠지. 당연하다. 우리는 강신단과 마주치지 않는다. 강신단도 우리와 마주치지 않는다. 이건 절대적인 법칙이다."

"……."

뭔가 스치고 지나가는 게 있다.

뭔가…….

어쩌면 우연이라도 부딪칠 수도 있다. 그런데도 없다는 건 결국, 정보를 서로 교류한다는 뜻이다.

교류(交流).

서로 주고받는다.

주고받는 건 분명히 하나일 것이다.

강신단의 위치. 악마기병의 위치.

생각나는 건 하나다.

"전쟁놀음……."

"권력을 유지하는 방법이지."

큭, 큭큭큭.

무린의 입에서 비틀린 웃음이 흘러나왔다.

사실 이건 비밀이다.

그런데도 말해준 이유는, 구유칸이 확신하고 있었기 때문이었다.

무린이 여기서 죽는다는 것을 말이다.

죽은 자는 말이 없는 법이다.

그 수천 년간 이어져 온 진리 때문에 무린에게 이런 말을 해줬을 것이다. 그러나 무린은… 아직도 포기하지 않았다.

"어느 정도 쉬었나?"

"……."

이미, 구유칸도 알고 있었나 보다.

무린이 대답을 하지 않자, 그 강직한 눈으로 무린의 눈을 뚫어져라 쳐다봤다. 그리고 선고를 내리듯이 오만하게 말했다.

"그럼 마지막 불꽃을 피워보도록."

그리고 등을 돌리며, 어처구니없게도 정말 기마를 돌려 사라져 갔다. 그가 포위망 밖으로 나가자, 북원의 전사들이 다시금 흉흉한 기세를 피워내고 다가오기 시작했다.

그걸 보며 무린은 이렇게 중얼거렸다.

"마지막 불꽃을 태워보라고……?"

후.

후후.

그거.

그거 고맙군…….

입가에 매달린 미소가 처연하기만 하다.

第七十五章　혈투(血鬪)

귀환병사.

피식 웃은 무린은 창을 바닥에 푹 꽂았다.

창은 이제 거추장스러워질 거라는 판단 때문이었다. 슬금
슬금 다가오던 전사 하나가 손에 든 도끼를 던졌다.

푹!

무린은 이번에도 상체를 비틀어 피했다.

나무에 깊게 박혀 부르르 떨고 있는 도끼의 자루를 잡은 무
린이 다시 힘으로 뽑아냈고, 그리고 전방으로 다시 던졌다.

퍽!

도끼는 주인의 가슴에 안겼다. 얼마나 깊게 안겼는지, 그

서늘하던 날의 대부분이 주인의 살과 합체해 버렸다.

쉬익 소리를 내면서 허벅지를 쓸어오는 기형도와 어깨를 베어오는 도끼, 그리고 정수리로 떨어지는 일격까지.

무린 하나를 잡기 위해 전사 셋이 덤벼들었다.

'셋이라······.'

자신을 노리는 일격들은 무린은 확인했다. 근질거리는 기묘한 가시감은 아직 끝나지 않았다. 그걸 느끼며 무린은 방어 동작에 들어갔다.

발로 밟고, 어깨는 일류으로 튕겨냈다. 그리고 정수리로 떨어지는 건 손목을 잡아 진행을 강제로 멈춰버렸다.

감각이 극까지 활성화되어 그런지 무린의 움직임은 확실히 굉장했다. 삼류이 고속으로 무린의 팔, 다리를 휘돌았다.

퍽! 빠각!

발끝으로 쳐내고, 전사의 손목을 그대로 힘으로 꺾었다. 동시에 발끝이 사납게 치솟았다.

빡!

턱 깨지는 동반하고 전사의 신형을 뒤로 날려 버렸다.

무린은 차올린 발이 지면에 안착하는 순간 상체를 숙였다.

그러자 무린의 목이 있던 공간으로 기형도가 스산한 예기를 품고 지나갔다. 한 발이 빠지면서 무린의 신형이 빙글 돌았다.

그리고 다시 솟구쳐 올랐다.

말아 쥔 주먹이 전사의 옆구리를 때렸다.

우드득! 소리를 들은 건 물론 손끝에 제대로 느낌이 왔다. 뼈가 박살 나고 깨질 때나 오는 그런 느낌이다.

하지만 무린은 안심하지 못했다.

자세가 아직 제 자리로 돌아오지 못했다. 그런데 감각에 걸리는 게 있다. 맹렬한 일격이 허벅지를 노리고 날아온다.

쩡!

허벅지를 때린 기형도와 무린이 보낸 일륜이 부딪쳤다. 그그극! 긁히는 소리가 나더니, 도가 힘없이 튕겨나갔다. 하지만 무린도 바닥에 무릎을 꿇었다.

도에 담긴 힘을 전부 해소하지 못한 것이다.

일륜이 부족해서?

아니다.

일륜이 너무 혹사당해서였다.

내력은 무한한 바다가 아니다. 그 끝은 언제나 존재하기 마련이다. 지금 일륜이 그랬다. 연속된 혈투로 힘을 소진해, 지금은 내력이 실리지도 않은 일격을 막는 것도 벅차게 되어버렸다.

쩡! 그그극!

하지만 노력은 너무나 가상하다.

어깨에 떨어진 일격을 일륜이 다시 막아섰다. 그리고 악착
같이 버티고 버텨… 다시 튕겨냈다.

그러나 그 반탄력에 무린의 상체가 휘청거렸다. 휘청거리
는 무린의 턱을 노리고 전사 하나가 발길질을 했다.

그저 발길질이지만, 제대로 맞으면 턱이 그냥 박살 날 힘을
담고 있었다.

큭!

짧은 신음과 함께 무린은 우수를 감싸듯이 안으로 휘둘렀
다. 손바닥에 툭 걸린 발을 그대로 부드럽게 밀자 전사의 신
형이 중심을 잃었다.

하필이면 공교롭게도, 머리가 무린쪽으로 향하면서 쓰러
졌다.

어, 어, 억! 하고 쓰러지자 무린은 왼손을 말아 쥐고 그대로
내려찍었다.

우드득!

주먹이 정확히 목으로 떨어지면서, 경추를 완전히 끊어버
렸다. 무린은 일격을 먹인 후, 부들거리는 다리에 힘을 줘 신
형을 바로 세웠다.

그러자 어김없이 도며 도끼가 날아들었다.

숨 돌릴 틈도 주지 않는 전사들이 참으로 야속하다.

'야속? 크극.'

개소리일 뿐이다.

숨 돌릴 틈을 주지 않는 게 당연한 일이니까 말이다.

스윽.

상체를 틀어 피하고 발을 뒤로 피했다. 뺀 발을 축으로 삼아 빙글 돌아 피하고, 무린은 다시 나무를 등졌다.

후우, 후우. 후우…….

호흡이 다시 가빠져왔다.

구유칸과 대화하는 동안 최대한 삼륜공을 돌렸는데도 체력은 급속도로 떨어지고 있었다.

고개를 비틀자 다시 손도끼 하나가 나무에 박혔다. 서늘한 예기가 무린의 머리카락을 뭉텅이로 잘라냈다.

잘린 머리카락이 무린의 어깨에 살며시 앉았다.

그걸 느끼며 무린은 희미하게 웃었다.

이제는 반사 신경조차 무뎌지고 있다는 걸 느꼈기 때문이다. 평소라면 여유 있게 피했을 걸, 지금은 겨우 피했다.

덕분에 머리카락까지 잘렸고 말이다.

당황보다는 자조에 가까운 마음이 들었다.

흐읍.

숨을 마시고 무린은 다시 일어났다. 그리고 오른손을 돌려 도끼를 뽑아 손에 쥐었다.

"……."

무린은 사방을 훑었다.

이 도끼를 되돌려 줄 전사를 찾고 있는 것이다. 이미 한 번 전적이 있기 때문인지 전사들의 표정이 살짝 굳었다.

후우…….

마셨던 숨을 내뱉고, 무린은 천천히 도끼를 들어 올렸다. 젖혔다가, 허리부터 어깨까지. 근육이 뒤로 팽팽하게 당겨졌다.

"크으…….'

또다시 무지막지한 통증이 무린의 뇌리를 거칠게 뒤흔들었다. 하지만 무린은 이를 악물고 참아냈다.

그리고 시위를 놓으면서 무린의 손에 달린 도끼가 쏘아져 나갔다.

그저 근육의 힘으로만? 아니다, 당겨진 근육의 그 길을 따라 삼륜이 타고 올라갔다. 결과는 무린의 투척을 가히 빛살로 만들어 버렸다.

퍼억!

도끼가 정면에 있던 전사의 가슴에 처박혔다. 그에 따라 상체가 출렁거렸다. 그 다음이 비명이었다.

억…….

뒤늦은 비명은 그가 제대로 인지를 못했다는 걸 뜻했다. 통각이 뒤늦게 올라왔다는 뜻. 그것은 무린의 힘이 아직 남아 있다는 것도 뜻했다.

"나를 죽이고 싶으면⋯⋯."

무린의 입이 떨어졌다.

살벌하게 빛나는 눈동자속의 불꽃은 아직도 꺼지지 않고
있었다.

"죽을 각오를 하고 와라⋯⋯."

무린은 경고를 했다.

나를 죽이려면, 너도 죽을 각오를 하라고.

<u>스스스</u>.

무린의 몸에서 열기가 피어났다.

몸에 붙어 있던 피가, 증발하면서 붉은 혈무를 만들어냈다.
삼륜공 전체가 돌면서 생긴 현상이었다.

그게 무린의 외형적 모습을 너무나 살벌하게 만들었다.

악마기병, 초원여우, 그리고 북원의 전사들도 피도 눈물도
없는 잔학함의 대명사지만 지금의 무린은 그를 뛰어넘고 있
었다.

탄생했다.

생존을 위해, 살기 위해 그 모든 것을 뛰어넘은 초인(超人)이
여기에 있었다. 온몸에 수두룩하게 부상을 입고도 불굴의 투지
를 불태우는 무인이 여기에 탄생했다.

강호였다면 아마 감탄했으리라.

그리고 존경했으리라.

하나 이곳은 전장.

죽고 죽이는 전장.

적의 목을 치지 않으면, 내 목이 떨어지는 비정의 대지다.

그건 무린도 알고, 적들도 알고 있었다.

북원의 전사들은 무린의 기세에 기죽지 않고 흉흉한 기세를 뿜어내며 다시 다가오기 시작했다.

'슬슬… 한계다.'

그들이 오는 것을 보며 무린은 생각했다.

온몸이… 비명을 지른다.

삼륜공이 전부 돌면서 육체를 치유해 보려 애쓰지만, 그것마저도 별 다른 소용이 없을 정도였다.

가장 심각한 건…….

이제… 포기해.

포기하자.

이만하면 됐잖아?

너는 할 만큼 했어.

노력했어.

살아 돌아가려고.

하지만…….

안 되는 건 안 되는 거야.

너도 잘 알고 있잖아. 그건?

그러니까…….

이제 그만해.

그만하자…….

속삭이는 혼심이 가장 큰 문제였다. 애써 무시하고, 또 무시하지만 일륜도 지쳤고 삼륜도 지쳤는데 이륜이라고 혼자 멀쩡할 리가 없다.

이륜의 힘도 많이 소진되어, 혼심의 발작을 막지 못하고 있었다.

'동화만은 절대…….'

피해야 한다.

혼심의 발작에 동화되는 순간, 아마 혼심은 무린의 육체를 멈출 것이기 때문이다.

멈추는 순간 그 뒤야 너무 뻔하다.

하지만 저 유혹은 너무 강렬하다.

귀에 대고 나긋하고 야릇하게 요부가 속삭이고 있다.

그러나 무린은 요부의 웃음을 한귀로 흘렸다. 이유? 이유야 뻔하다.

무린은 아직도 살고 싶었기 때문이다.

                    *   *   *

촤악!

제대로 된 진각을 밟고 전사 하나가 기형도를 내려쳤다. 동시에 옆구리, 허벅지도 같이 들어온다.

이제 기본이 삼인합격이 되었다.

절대 혼자서는 무린을 잡을 수 없다는 걸 깨달은 것이다. 무린으로서는 바라지 않았던 깨달음이지만 어쩌겠는가.

이미 알아버렸는데.

칫.

작게 혀를 찬 무린은 지면을 박차고 오른쪽으로 빠졌다. 빠지면서 창을 뽑고, 허벅지를 노리는 도를 쳐냈다.

빙글.

손목에서 창이 한 바퀴 회전하고, 창의 손잡이 부분이 앞으로 나오는 순간 그대로 휘둘렀다.

빡!

비스듬히 올려쳐 겨드랑이에 정확히 박히자, 숨 막히는 소리를 내며 허벅지를 공격하던 전사가 물러났다.

일그러진 얼굴을 보니 아마 뭔가 박살난 것 같았다. 나무를 타고 다시 빙글 돌자 이번엔 반대쪽에 포진해 있던 북원의 전사들이 덮쳐왔다.

마찬가지로 합격이었다.

고개를 숙이자 나무에 기형도가 박혔다.

그그극! 팅!

허벅지를 노리던 도는 일륜으로 튕겨냈다.

하지만…….

촤악!

"큭……."

옆구리를 노리던 도는 막아내지 못했다. 갑주가 찢어지고, 그 안에 살갗이 기형도의 톱니 같은 날에 갈가리 긁혀 찢어졌다.

그리고 잠시 후, 피가 분수처럼 뿜어졌다.

"으윽……."

신음이 흘렀고, 그 와중에도 무린은 좌장을 뻗어 머리를 공격했던 전사의 복부를 때렸다. 펑! 하고 전사의 몸을 공중에 뜨더니 뒤로 날아갔다.

"하아……."

무린은 그걸 두 눈에 담으며 다시 나무에 등을 대고 기댔다.

한계, 한계다.

무린은 온몸을 갉아먹는 통증을 느끼며 생각했다.

이제 곧…….

슈아악!

생각할 시간도 주지 않았다.

어깨로 떨어지는 도를 무린은 확인했지만 움직여 피하지
못했다. 대신 애처로운 모습으로 떨고 있는 일륜을 보냈다.

깡!

그그극!

"컥⋯⋯!"

튕겨내지 못했다.

일륜은 깨졌고, 기형도는 그대로 무린의 어깨에 박혀 들어
갔다. 무린의 무릎이 꺾이고, 지면에 박혔다.

왼손을 손을 들어 기형도를 잡은 전사의 손을 잡았다.

우드득!

우그러뜨리고, 잡아 당겼다.

그 후 창을 놓고 오른손을 뻗었다.

퍽!

목에 처박힌 주먹이 뼈를 끊었다.

아무리 부상당해도 무린에게 그 정도의 힘은 있었다.

털썩 쓰러지는 전사를 잠시 보다가 전방을 향한 무린이 다
시 입을 열었다.

"말했지⋯⋯. 나를 죽이려면 목숨을 걸라고⋯⋯."

좀 선에 했던 경고를 상기시켜 주는 무린이다.

친절함에서?

그럴 리가 없다.

이 또한 경고다.

나를 숨을 끊는 자는, 같이 저승으로 흘러가는 강을 같이 건너게 될 것이라고. 무린은 오른손을 뻗어 도병을 잡고 뽑아 냈다.

크으…….

신음이 나오지만, 두 눈은 전방을 노려본다.

앞으로 도를 던지자 도날에 걸려 있던 살점이 떨어졌다. 핏 방울이 날을 타고 흘러 대지를 적셨다.

무린은 꿇었던 무릎을 폈다.

바르르 떨리는 하체가 이제 더 이상, 진짜 못 움직인다 경 고를 했지만 무린은 깔끔하게 무시했다.

일어나지 못하면 죽는 시간만 단축될 뿐이다.

한계에 도착했더라도… 움직여야 한다.

그게 무린의 전투방식이고, 지옥에서 살아남은 방식이기 도 했다.

'피곤하군…….'

엄청난 피로감이 몰려왔다.

그동안 억눌렀던 것들이, 전부 한꺼번에 들이닥치고 있었 다.

'피로를 느낀다? 훗, 이제 진짜 끝이군⋯⋯.'

무린은 잘 안다.

전장에서 피로를 느끼는 순간 어떻게 되는지.

입가에 또다시 미소가 감돌았다.

처연한 미소.

그러다가 다시 입가가 비틀렸다.

전방으로 향하는 시선.

그 눈빛에 담아 무린은 말했다.

자, 오너라.

그 눈빛에 화답하듯 다시 합격이 무린을 향해 펼쳐졌다. 첫 번째 도는 쳐내고, 두 번째 도는 겨우 막았다.

세 번째 도는 무린의 허벅지를 베었다.

살가죽이 찢어지고, 근육마저 찢겼다.

"큭!"

무린은 다시 무릎을 꿇었다.

차아!

기합과 함께 내지른 도가 안면으로 날아들었다.

무린은 고개를 당겼다. 간발의 차로 도가 무린의 이마 앞을 스쳐지나갔지만, 예기는 무린의 이마를 갈라 버렸다.

두 다리를 튕겨 뒤로 급히 물러나는 무린.

툭.

나무가 다시 무린의 등을 받쳤다.

베어진 이마에서 주르륵 흐르는 피가, 무린의 두 눈 안쪽으로 고였다. 무린이 그걸 치워내려 눈을 깜빡이면서 고개를 흔들자, 그제야 다시 흘러내렸다.

'세상이… 붉군.'

좀 전과는 다르게, 세상이 붉게 보였다.

원래의 세상.

붉은 세상.

두 가지로 나눠 보이는 세상 속에서 번들거리는 기형도가 다시 날아왔다.

기이… 잉, 퍽!

일류이 막아보지만 다시 깨졌다.

도는 여지없이 무린의 어깨에 박혔고, 무린은 통증에 입을 뻐끔거렸다. 신음조차 흘러나가지 못할 정도의 격통이 뇌리를 장악했다.

까드득!

무린의 벌어진 입이 다물어지며, 이빨끼리 맞물리고 긁히며 소름끼치는 기음을 토해냈다.

"크악……!"

무린의 상체가 벌떡 일어나며 철창을 내질렀다.

마치 마지막 일격이라도 되는 듯이, 전신의 힘을 모조리 끌어다 썼다. 그러자 기세 좋게 창날이 어깨에 도를 처박은 전사의 목젖을 노리고 올라갔다.

깡!

그러나 옆에서 달려든 전사가 기형도로 후려치자 창은 힘없이 옆으로 날아갔다. 돌에 부딪혀 챙그랑 소리를 내고 데굴데굴 굴러 무린에게서 멀어져 갔다.

"아……."

저 멀리 떨어진 창을 보며, 무린은 허탈한 신음을 내뱉었다.

이젠 창마저… 놓쳤구나.

내 평생의 목숨을 지켜준 녀석인데…….

끼야, 하!

무린의 창을 쳐낸 전사가 도를 무린의 옆구리에 틀어박았다. 기잉, 파삭! 하고 일륜은 만들어지다 다시 깨졌다.

"……",

토해지려는 신음을 눌러 삼킨 무린은 겨우 왼손을 들어 도를 잡은 손목을 잡았다. 그리고 당겼다.

순간적인 힘에 끌려오는 전사의 얼굴이 붉게 보인다.

오른손이 전사의 어깨를 잡았다 그리고 무린은 고개를 팍 숙여 박치기를 먹였다. 한 번, 두 번, 세 번. 그리고 손을 놓자 크악! 하면서 전사가 얼굴을 부여잡고 물러났다.

큭.

"말하지 않았나……."

꺼져가는 미소를 지으며 무린이 말했다. 그러자 주르륵 피가 무린의 입으로 타고 들어갔다. 안 그래도 찢어진 이마가 무린의 행동에 더욱 벌어진 것이다.

"칵, 카악. 퉤!"

입 안에 들어온 자신의 피를 모아 뱉는 무린.

비릿한 향이 혀끝에서부터 타고 무린의 뇌리로 올라갔다. 예전에도 먹어봤다. 무린이 이런 상황을 한두 번 겪어보겠나.

경고.

삼륜공이 경고를 보내왔다.

무언가가 온다고.

하지만 무린은 움직이지 못했다.

그럴 기력이… 없었기 때문이다.

슈아악!

픽!

화살 한 발이 날아와 무린의 어깨를 꿰뚫었다. 일륜을 돌리고 자시고 할 사이도 없이 틀어박힌 화살은 그대로 무린의 어깨를 관통하고 나무에 깊숙이 박혔다.

"……."

무린의 입이 벌어졌다.

억… 어억…….

신음이 나오질 않았다.

고통을 표현하고 싶은데, 숨구멍이 막힌 것처럼 아무런 소리도 나오지 않았다.

구유칸이 다시 앞으로 나왔다.

"정말 지독하구나."

"……."

떨어지는 고개를 바로잡아 구유칸을 올려다본 무린은 피식 미소를 지었다. 누구, 누가 독해지게 만들었는데.

저딴 개소리를 하는지…….

따지고 싶었지만 그럴 힘도 이제는 없는 무린이었다.

"진무린이라 했나?"

"……."

대답 없이 무린은 구유칸을 올려다 봤다.

그러나 시야에 잡힌 것과는 다르게, 무린은 속으로 다른 생각을 했다.

'김연호, 연경……. 미안하다.'

너무 어린 녀석들이다.

이제 약관을 지난 녀석들이다.

그들의 삶은 아직도 창창해야 했다.

그래서 뺏건만, 혹시 몰라서… 그게 반대로 녀석들을 지옥으로 넣어버리는 결과를 만들 줄이야…….

"그대는 십 년간 내가 본 그 어떤 무장보다도, 무인보다도 강인했다. 그 이름 석 자. 가슴에 기억하겠다."

"……."

피식.

기억하든 말든…….

'혜야, 월아…….'

떠나기 전, 마지막으로 봤던 동생들의 얼굴이 떠오른다. 걱정하던 혜, 미안해하던 월. 그리고 려의 얼굴도 떠올랐다.

주마등인가?

전사에게 도를 빌려 받은 구유칸이 무린의 앞에 섰다. 앞이 잘 안 보인다. 시야가 점점 멀어지고 있었다.

'어머니…….'

죄송합니다.

정말… 죄송합니다.

눈이 감기기 전 그가 마지막에 본 건, 저 멀리 날아가는 구유칸의 모습이었다. 무린은 생각했다.

'뭐지. 환상인가……?'

그 생각을 끝으로 무린의 의식이 끊어졌다.

第七十六章 소향(小香)

구유칸이 날아가고, 무린의 앞뒤로 사인이 모습을 드러냈
다.

일남삼녀. 그 누구도 기척을 느끼지 못한 사이에, 이미 무
린을 둘러쌌다.

"크! 누구냐!"

구유칸이 벌떡 일어나며 외쳤다.

하지만 그 말에 대답을 하는 이는 없었다. 장내를 한 번 살
펴본 일남삼녀는 그저 무린을 에워싸고 지킬 뿐이었다.

그러다가 입을 연건 무린의 바로 옆에 있던 작은 체구의 여

인이었다.

"이런……."

안타까운 목소리가 탄식이 흘렀다.

화려함이 일체 없는 복장을 입은 여인이었다. 신장은 작고 아담했다. 머리를 양 갈래로 땋아 돌돌 말아 고정시킨 모습은 보는 사람으로 하여금 껴안아주고 싶은 귀여움을 느끼게 했다. 하지만 두 눈매는 살짝 찢어져 있어 어딘지 그 귀여움을 죽이고 냉정해 보이기까지 했다.

"언니, 상태 좀 봐주세요."

"그래."

귀엽지만 냉정해 보이는 여인, 소향의 말에 옆에 있던 푸른 무복에 늘씬한 여인이 무린에게 다가갔다. 긴 생머리를 묶지 않아 허리에서 찰랑이는데, 날렵한 얼굴선과 눈매와 매우 잘 어울렸다.

여인은 무린의 심장에 손을 댔다.

두근.

두근.

"살아 있어."

긴 머리 여인, 검란의 말에

"다행이네요. 한 소협. 소환단을 주세요."

소향은 한숨과 함께 가슴을 살짝 쥐었다. 그 다음 바로 앞을 지키고 있는 청년에게 손을 내밀었다.

한 소협.

일행 중 유일하게 사내인 그는 품 안에서 작은 목곽을 꺼내 소향에게 건넸다. 소향은 건네받은 목곽을 열고, 그 안에 금박으로 쌓인 단약을 꺼내 무린의 입을 열고 소환단을 넣었다. 그 후 품에서 작은 호리병을 꺼내 그 안에 액체도 같이 먹였다.

"아직, 아직 오라버니는 죽어서는 안 돼요. 그러니 꼭 살아나셔야 해요."

그 후 조용히 귀에 소향이 속삭이자.

꿈틀.

들었는가?

무린의 눈가가 일순간 꿈틀거렸다. 그에 소향은 작게 미소 짓고, 일어나 전방을 향했다. 이글이글거리는 눈동자로 노려보고 있는 구유칸이 보였다.

"누구냐!"

포효하듯이 구유칸이 물었다.

그러자 소향은 싱긋 웃었다.

"말하셔도 모를 거예요."

"뭐라! 그렇다면 죽어라!"

까드드득!

구유칸의 손에서 활시위가 팽팽히 당겨졌다. 한계까지 당겨진 시위가 놓아지고, 무린조차 막기 힘들었던 엄청난 파괴력을 머금고 시(矢)가 쏘아졌다.

바람을 가르고, 가히 무지막지한 속도로 소향의 면전으로 날아들었다. 그러나 소향은 여유롭다.

여유롭다 못해.

웃기까지 했다.

싱긋.

"한 소협."

"……."

시위가 놓아지는 그 순간 내 뱉은 소향의 말에 한 소협이라 불린 사내가 슬쩍 소향의 전면을 막았다. 그리고 주먹이 부드럽게 내뻗어진다.

펑.

작은 소음이 일었다.

구유칸이 쏘아낸 화살이 박살나는 소리였다. 소리가 난 직후 짓이겨진 화살 한 발이 바닥으로 툭 하고 떨어졌다.

"음?"

구유칸은 물론 이곳에 몰려 있는 모두가 지금 무슨 일이 일어났는지 제대로 파악을 하지 못했다.

바닥에 떨어진 화살 한 대에 시선이 갔다가 다시 올라가 소향의 앞을 막은 사내를 바라봤다.

약관을 지났을까?

긴 머리를 질끈 묶은 것과 날렵한 선과 오뚝한 코는 둘째 치고, 사내에게서 가장 빛나는 건 더없이 맑고 투명한 눈동자였다.

마치 어린아이처럼 투명한 눈동자가 사내가 얼마나 깨끗한 마음을 지녔을지, 예상이 가능하게 했다.

하지만 그런 사내가 보여준 건 신기(神技) 그 자체였다.

구유칸.

칸의 호칭을 가진 악마기병의 조장이다.

무린조차 속수무책으로 당할 수밖에 없었던 무지막지한 궁 실력을 지닌 자였다. 그런데… 그게 막혔다.

그냥 막힌 것도 아니고 뭘 어떻게 막혔는지 파악조차 안 됐다.

"누구냐……."

구유칸의 음성이 착 가라앉았다.

흥분을 가라앉히고, 이성적으로 상황을 파악하기 시작한 것이다.

"……."

사내는 대답하지 않는다.

그저 뻗었던 주먹을 회수하고, 다시 편안한 자세로 전면을 응시한다. 대답은 그 뒤에서 나왔다.

"말해도 모른다고 했을 텐데요."

"아니, 내가 모르는 사람은 없다. 적어도 중원에 존재하는 무인이라면 말이다."

"그런가요? 음, 그럼 소개할게요."

소향은 여유롭다.

마치 산책하러 나온 모양새였다.

"저는 소향이라고 해요."

"소향?"

"네. 그리고 앞에 계신 소협은 한비담이라는 이름을 쓰고 요. 제 옆에 계신 분은 검란이라는 이름을 써요. 그리고 저 뒤에 여검객께서는 미요라는 이름을 쓰세요."

소향의 소개가 끝나자, 나무 뒤쪽에서 전방을 막고 있는 신비한 은발에 장신의 여검객이 불쑥 입을 열었다.

"미요가 아니라 미오."

"아, 맞아요. 미오."

싱긋 웃으며 정정하는 소향의 말에 구유칸의 인상이 찡그려졌다.

"검란? 한비담? 미오?"

"모르겠죠? 그럴 거예요. 저흰 대외적으로 나선 적이 없으니까요."

"나선 적이 없다?"

구유칸의 얼굴이 다시 찡그려졌다.

중원의 모든 무인들, 그중 위험한 자들은 당연히 이번 대계를 시작하기 전 모두 외웠다. 그건 수뇌부라면 당연한 일이다.

하지만 구유칸이 외운 이름 중에, 저런 이름은 존재하지 않았다.

즉, 모르는 이름인 것이다.

"사문은?"

구유칸이 본능적으로 물었다.

정보를 알아내기 위해서였다.

그러나 그 말에 소향의 대답은 걸작이었다.

"바보신가……."

혼잣말처럼 뱉어진 그 대답에 구유칸의 얼굴이 일그러지더니 천천히 살기가 서렸다. 무린을 상대할 때도 거의 내보이지 않았던 살기였다.

솟아오르는 살기에 북원의 전사와 악마기병이 동조했다.

짙은 군기와 투기, 살기가 한데 어우러져 순식간에 지옥에서나 볼법한 무자비한 전장을 형성했다.

"대답을 안 한다면… 알아내면 그만이지."

슥.

구유칸의 손이 올라갔다.

그리고 다시 전면을 향해 떨어져 내렸다.

끼아하하하!

북원의 전사가 달려들고,

히히히힝!

악마기병의 기마가 거칠게 투레질을 시작했다.

오로로로…….

초원여우도 울었다.

그리고 무린을 보호하는 사인에게 흉악한 투기를 뿜어내
며 쇄도했다.

그러나.

사인은 여유로웠다.

한 소협이라 불린 자는 자세를 낮췄고, 스르릉 소리와 함께
검란의 손에 매화검(梅花劍)이 잡혔다.

슥, 자세가 낮아지며 미오라 불린 여검객이 발도를 준비했
다.

싱긋.

소향의 도톰한 입술이 열렸다.

"행동불능."

소향의 말이 떨어짐과 동시에 용권풍이 일고, 매화향기가
장내에 깔렸다. 그 직후 파괴의 빛 무리가 춤을 췄다.

        *   *   *

퉁.

"억……?"

한 소협이라 불린 사내의 손짓에 가장 빨리 달려들던 북원의 전사의 신형이 멈칫하더니 붕 허공에 떴다.

그리고 뒤로 날아갔다.

그렇게 날아가는 북원의 전사를 같이 그 뒤에 달려오던 전사가 받았다. 그리고 놀라 서로를 바라봤다.

그런다고 알까?

알 턱이 있나.

다시 시선을 앞으로 돌렸을 때, 사내의 손짓에 허공을 날아 뒤로 날아가는 아군들이 동공에 잡혔다.

바닥을 뒹굴고 전사들이 다시 일어났다.

그리고 어리둥절한 표정을 짓더니 몸을 매만졌다.

부상은 없다. 어디하나 부러진 곳도, 욱신거리는 곳도 바닥에 떨어질 때 부딪쳤던 곳이 전부였다.

구유칸의 얼굴이 굳었다.

부상이 없다고 좋아할 일이 아니라는 걸 그는 알고 있었다.

"경고하는 것이냐……."

이곳에 모인 북원의 전사들은 정예다. 요녕성을 아예 짓밟기 위해 정예만 고르고 골라 데리고 왔다.

아무리 내력이 미약하다 하더라도, 웬만한 명군과는 십대 일로 붙어도 지지 않을 전사들이었다.

그런 그들을 상처하나 없이 부드럽게 날려 보낸다?

어림도 없는 일이다.

구유칸의 눈에 사내를 피해 소향에게 달려드는 전사가 보였다. 그때 구유칸은 눈을 빛냈다. 사내는 혼자다.

전 방위를 막을 수는 없다.

그렇다면······.

여자를 공략한다.

그렇게 생각을 먹었을 때, 긴 생머리의 여검객이 검을 슬쩍 들더니 털었다.

스아악.

부드러운 선을 그린 검이 전사의 손목을 스치고 지나갔다. 그리고 직후, 전사는 달려들던 동작을 멈추었다.

푸확!

손목, 그리고 대체 언제 베어냈는지 무릎에서도 피가 솟구쳤다. 어어 하더니 그 전사는 손에 든 기형도를 놓치고 바닥에 철푸덕 앉아버렸다.

"······."

그때, 구유칸은 맡았다.

바람결에 타고 오는 혈향, 그리고 그 혈향 속에 스며들어 있는… 매화향을.

"매화, 매화… 화산!"

구름.

그 속을 노니는 구파.

오악, 그중 서악이라 불리는 화산.

도가검문의 최고봉인 화산파다.

매화향은… 그런 화산파의 무공에 가미된 특성이다.

"어째서 화산이……!"

구유칸은 소리쳤다.

화산은 이곳에 있을 이유가 없다.

그런데 대체 왜?

구유칸의 외침에 소향은 그저 싱긋 웃을 뿐이었다.

아직 죽은 듯 기절한 무린을 힐끗 본 그녀의 도톰한 입술이 다시 열렸다.

"진무린. 이분은 아직 죽어서는 안 되거든요."

"그 말로는 부족하다. 구파가 끼어들 이유가 못 돼!"

"어머, 이분들은 구파가 아닌데요?"

"웃기는 소리!"

"훗, 믿든 안 믿든 그쪽 마음대로 하세요. 하지만 저는 진실을 말했답니다."

"으드득!"

구유칸이 소향을 노려봤다.

그 순간,

나무 뒤에 있던 은발의 여검객이 검을 뽑았다. 그리고 그 즉시 탁! 소리가 나며 납검됐다.

잠시 뒤 전사 하나가 바닥을 나뒹굴었다. 구유칸은 눈을 의심했다. 순간적으로 뽑는 걸 보았는데 어느새 다시… 제 자리로 돌아간 검의 모습이 보인 것이다.

아니, 검이라고 하기에는 검신의 길이나 형태가 너무 길다. 결정적으로 양날이 아니다. 즉, 도라는 뜻이다.

흡사… 대태도(大太刀)에 가까운 모습이었다.

섬나라 왜국의 무장이 쓴다는 도의 모습과 너무 흡사했다.

순간적인 발도, 빛보다 빠른 일격.

베는 것이 아닌, 터뜨리는 검격이다.

구유칸은 무인이라면 누구나 아는 구파의 한 검술을 떠올렸다.

"사일……. 이래도 발뺌할 것인가……? 누가 봐도 저 여인의 검술은… 점창의 것이거늘!"

"훗, 마음대로 생각하세요."

"……."

말이 통하지 않으니 대화가 성립이 되질 않는다.

구유칸이 눈이 가늘어졌을 때, 소향이 이번엔 먼저 입을 열었다.

"계속하실까요? 저희 생각보다 시간이 없어… 이제는 못 봐드릴 것 같은데."

"……."

서리가 내려앉은 소향의 말에 구유칸은 대답하지 못했다.

팽팽 돌아가는 사고가 승산을 따졌다.

결론은 금방 나온다.

필패, 혹은 전멸이다.

까드득!

결론을 얻은 구유칸의 이가 갈리면서 얼굴도 짜증으로 일그러졌다. 무능한 무장이었다면 돌격 명령을 내렸을 것이다.

그러나 구유칸은 많은 것을 배운 무장이다.

무(武)만 배운 게 아니라 후계 중의 일인으로써 전쟁도 배웠다. 승산이 없는 전투를 하는 것은 그 어떤 전쟁교본에도 들어 있지 않다.

하다못해 양패구상이라는 결론만 나왔어도…….

덤볐을 것이다.

그러나 구유칸은 안다.

구름 위의 구파.

화산.

종남.

그 두 곳의 어마어마한 무력을.

괜히 구파가 아니다.

여기 있는 초원여우, 악마기병, 그리고 진지에 있는 북원의
전사 모두를 끌고 와도 아마 불가능할 것이다.

만약 그들이 도주를 선택한다 해도 절대 잡지 못할 것이다.

애초에… 저들이 등장할 때까지 구유칸은 아무것도 느끼
지 않았다. 코앞에 그들이 나타나고 나서야 인지했다는 소리
다.

격(格), 그 자체가 완전히 다르다.

어떡해야 할까.

결국에 남는 건 하나밖에 없지만 그럼에도 구유칸은 그 하
나밖에 남지 않은 명령이 차마 입에서 떨어지질 않았다.

"선택은 하신 것 같은데, 도와드릴까요? 검란 언니."

"뭐……."

순간 반문하는 순간.

사아악.

바람과 함께, 그 바람에 실린 매화 향과 함께, 검 한 자루가
구유칸의 목에 닿았다.

어느새 공간을 가로질러 검란이라 불린 검객이 구유칸의

목에 검을 들이댄 것이다.

흠칫.

북원의 전사들이 급히 검란에게 검을 겨누었다. 그러나 누구도 섣부르게 움직이지 못했다. 시각을 넘어서는 움직임을 보이는 무인이다.

괜히 헛지랄을 하면… 이미 자신들의 대장의 목을 따고 다시 제 자리로 돌아갈 것이다. 그럴 능력은 이미 증명이 된 상태였기에 함부로 움직이지 못했다.

단 삼인에게 완벽하게 밀리는 순간이었다.

"……."

침묵하는 구유칸의 눈빛에 자신의 목에 검을 댄 여인의 눈동자가 보였다. 참으로 너무나 무정한 눈빛이다.

사각.

검날의 예기가 구유칸의 살을 갈랐다.

목에서부터 흘러 가슴으로 스며드는 피가 느껴졌다.

"마지막이랍니다. 저는 그렇게 인내심이 많지 않아요. 지금도 많이 참아드렸으니 얼른 명령을 내려주세요."

"……."

거짓말이 아니었다.

장내에 있는 그 누구도 소향이 거짓말을 하고 있지 않다는 걸 느꼈다. 싱글 웃는 낯에 장난기 깃든 목소리였지만 그 누구도 콧방귀조차 뀌지 못했다.

그 누구도 경시하지 못했다.

구유칸은 그걸 그 누구보다도 확실하게 느꼈다.

"퇴각, 퇴각하라. 진지로 돌아간다."

결국 그는 손을 들고 그렇게 말했다. 그러자 북원의 전사들이 뒷걸음질 치기 시작했다. 그러다 일정 간격이 벌어지자 흑산의 정상 쪽으로 내달리기 시작했다.

초원여우도 수풀을 가르며 사라졌다.

다만, 악마기병만이 움직이지 않고 자신들의 대장인 구유칸이 풀려나길 기다리고 있었다.

"언니."

"……."

스릉.

소향의 부름에 검란의 검을 회수하고 그 자리서 검집에 납검했다. 구유칸을 앞에 두고 말이다.

그건 곧, 무시였다.

촌각의 거리에서 검을 거둔다는 것은 너 따위가 무슨 짓을 하려해도 소용없다는 걸 온몸으로 보여주고 있었다.

그리고 구유칸도 그걸 깨달았다.

으드득.

주먹이 쥐어지고 굴욕에 얼굴이 일그러졌다. 그러나 그는 알고 있다. 지금 이 순간, 자신은 절대적 약자라는 것을.

그의 시선이 무린에게 가서 닿았다.

그러다 신형을 돌려 자신의 말에 올라탔다.

말에 오르자 그는 악마기병이 되었다. 그래서 순간 자신감이 다시 생기려는 찰나. 바람을 타고 소향의 목소리가 흘러왔다.

"까불지 마요. 진짜 다 죽기 싫으면."

서늘한 경고.

자신감은 급속도로 다시 마음속 깊은 곳으로 자취를 감췄다.

약자.

그들은 철저한 약자였다.

"돌아가자."

결국 구유칸은 고삐를 당기며 그렇게 말할 수밖에 없었다. 빠르게 어둠 속으로 사라지는 악마기병들이었다.

대단하다.

단 삼인으로 이들을 물리친 구파는 진정…….

대단하다.

"후우, 이제 광검만 남았네요."

소향은 그렇게 말하며 다시 무린의 바라봤다.

싱긋.

예의 장난스러운 미소가 소향의 입가에 미소가 걸렸다.

*　　　*　　　*

"언니."

"응?"

소향이 무린을 보며 부르자, 검란이 포근한 미소로 대답했다.

"일단 화살부터 뽑아야겠지요?"

"그래야지. 언니한테 맡겨."

검란은 그렇게 말하더니, 무린의 상체를 살짝 당겼다. 그리고 손가락으로 무린의 어깨를 관통한 화살대를 살짝 쳤다.

그러자 뚝 하더니 맥없이 화살대가 부러졌다.

그 후 검란이 뒤도 돌아보지 않고 말했다.

"향아. 깨끗한 천이 있니?"

"그럼요. 여기요."

검란은 소향에게 부드러운 천을 받아 손에 잡고, 무린의 어깨를 관통한 화살대를 앞에서부터 잡아 뽑았다.

"큭……."

무린의 입에서 미약한 신음이 흘러나왔다. 의식이 없어도 고통에 무린의 육체가 저절로 반응한 것이다.

소향은 그런 무린을 보고 입술을 살짝 깨물었다.

쭈욱, 화살대가 뽑혀 나오고 무린의 어깨에서 피가 솟구쳤다. 그러자 검란은 능숙하게 무린의 어깨 근처를 툭툭 손가락으로 찍고 천을 대고 지혈을 했다.

뿜어져 나오던 피는 빠른 속도로 줄어들기 시작했다. 검란이 혈도를 점한 게 효과를 보고 있는 것이다.

그 다음 검란은 역시나 능숙한 솜씨로 천을 돌려 무린의 어깨를 압박했다. 지혈의 효과와 고정을 동시에 한 것이다.

"됐어."

검란이 일어서며 말하자, 소향은 무린의 앞에 가만히 앉았다.

"미안해요. 제가 좀 늦었네요. 이렇게 될 거라는 걸 알았는데……."

알고 있었다니.

이게 무슨 소리일까.

소향의 말에 그녀의 뒤에 서 있던 검란이 말했다.

"자책하지 마렴."

"자책이 아니에요. 다만… 그냥 미안해서 그래요."

소향은 고개를 도리도리 저었다.

순수한 모습이었다.

구유칸을 상대할 때의 서늘함은 그 어디에도 없는, 정말로 순수한 눈망울에 말투였다. 소향, 많은 비밀을 품고 있는 여자였다.

만약 무린이 이 말을 들었다면 무슨 소리냐며 따져 물었을 것이다. 하지만 아쉽게도 무린은 현재 의식이 없는 상태였다.

소향이 일어나 한비담을 바라봤다.

"감사해요. 한 소협. 소환단을 내주셔서요."

"……."

소향의 인사에 한비담은 고개를 살짝 숙여 보였고, 깨끗한 미소를 지어 대답했다.

소환단.

절대로 소림에서 유출된 적이 없는 무가지보(無價之寶) 중에 하나다. 대환단이라는 전설의 영약이 있지만 그것은 존재 자체가 불투명한 상태라고 할 수 있다.

그렇다면 소환단은 그야말로 어마어마한 보물이다. 돈으로도 못 구할, 그런 전설상의 영약과 마찬가지란 소리다.

다만 아쉬운 게 있다면 아마 소환단은 무린의 내력을 증진시켜주지 못할 것이다. 죽어가는 무린을 살리느라 그 약의 기운을 전부 소진할 테니 말이다.

무린은 그만큼 심각한 상태였다.

하지만, 살아남는다는 게 어딘가.

살았다는 게 어딘가.

무린은 은을 입었다.

너무나 거대한 은을.

그리고 한비담이라는 사내에게서 소환단이 나왔다는 사실만 본다면 그가 소림의 인물일 가능성이 높았다.

소림.

화산.

그리고 점창.

구파 중 삼파가 세상에 나왔다.

소림, 화산, 그리고 은발의 긴 머리를 휘날리는 여성의 무공은… 점창.

배화교가 움직이지 않으면 결코 산속의 성지에서 내려오지 않는 구파가 움직인다는 것은 사실 굉장히 의미심장한 일이다.

또한 무린이 모르는 이야기가 아직 한참이나 있다는 뜻도된다.

"오랜만에 만나 대화를 나눠보고 싶었는데……. 언니, 얼마나 걸릴까요?"

"흐음, 아마 쉽게는 일어나지 못할 거야. 빨라도 이주는 걸리겠지. 무린 소협이 당한 상처는 그 정도로 심각해. 소환단이 아니었으면 목숨이 떨어졌을 거야."

"그래요. 휴우."

소향은 무린을 다시 바라봤다.

그때, 검란의 손이 검집으로 향하며 무린의 뒤쪽으로 향했다. 동시에 미오라 불린 여검객도, 한비담의 시선도 향했다.

어둠이 내려앉은 숲.

무엇인가가 다가오고 있었다.

그것들은 빨랐다.

엄청난 속도로 기척도 지우지 않고 곧바로 일행의 정면에서 다가왔다.

촤라락.

수풀을 걷어내고 나온 그것들은 사람이었다.

두 명.

완전히 넝마가 된 겉옷과 갈가리 찢어진 갑주를 입은 둘은 김연호와 연경이었다. 살아 있었다.

살아 있던 것이다.

"형님!"

"대주!"

두 명은 제각각 무린을 부르며 달려왔다. 하지만 그 이전에 소향을 포함한 일행을 발견하고 그 자리서 멈췄다.

"……."

"……."

착.

낮아지는 자세.

그리고 피워 올렸다.

사납기 그지없는, 상처 입은 맹수가 뿜어내는 투기가 그대로 느껴졌다.

스르릉.

미오라 불린 점창의 여검객의 도가 살짝 뽑혀 나왔다.

그리고 전방을 가렸다.

모든 것을 얼려 버릴 극한의 눈동자. 감정자체를 말살시켜 버렸는지 더없이 차가운 얼굴에서, 그리고 성인남성보다도 큰 신장에서 나오는 거세고 매서운 투기가 김연호와 연경이 내뿜는 투기를 그대로 뒤엎고, 반대로 둘을 압박했다.

"크윽……."

"크특……."

압박이라고 했다.

투기에서 완전히 짓눌려 거의 기운에 압사당할 정도였다. 무지막지하다는 말은 여기에서나 쓸 말이었다.

그러나 김연호도 연경도 물러나지 않았다.

어둠 속, 어차피 보이지는 않겠지만 이미 창백해질 대로 창백해진 둘의 피부가 그걸 증명하건만, 그럼에도 둘은 물러나지 않았다.

그들의 대주, 무린이 눈앞의 거대한 무인의 뒤에 있기 때문이다.

비천대는 무린이 대주다.

무린이 없는 비천대는 상상도 할 수 없다.

둘은 그렇게 생각했다.

그래서 비장한 마음을 가졌다.

죽어도, 죽어도 무린을 구하겠다는.

하지만 어차피 다 오해지 않은가.

소향이 중재에 나섰다.

"그만 하세요. 미요님."

"……."

얼굴이 찡그려지며, 미오라 불린 여검객의 얼굴이 획 돌아
갔다.

"미요가 아니라 미오."

"아아, 맞다. 에헤헤. 그만 하세요. 미오 님."

"흥."

도를 다시 회수하고 슬쩍 옆으로 물러나는 미오. 물러난 미
오의 앞으로 소향이 나섰다.

"비천대이신가요?"

소향이 물었다.

"그렇다. 너희는 누구지?"

"아, 아시려나. 저는 소향이라고 하는데."

"소향?"

"네. 참, 저도 인명부 안에 있을 걸요? 물론 무린 오라버니랑 몇몇이 가진 인명부에."

흠칫.

둘의 얼굴에 놀라움이 깃들었다.

인명부 안에 있었다는 것은, 무조건 하나는 공통되는 것이 있다는 소리다. 바로 북방에 있었다는 것, 이것 말이다.

하지만 믿지 못한다.

말만 믿고 경계를 풀어도 된다는 것을 둘은 배우지 못했다.

그에 소향이 싱긋 웃더니 품에서 무언가를 던졌다.

"이건 제 인명부에요. 한 번 보세요. 보시고 나면 아마 인정하기 쉬울 테니까."

그 말에 김연호가 바라보니 확실히 책자 같았다.

조심스럽게 그걸 주운 후 펼쳐 보니, 확실히. 어둠속이지만 내력의 도움으로 아주 확실히 볼 수 있었다.

첫 번째에 적혀 있는 진무린(鎭武躪)이라고 적혀 있는 것을. 그리고 그 옆에 무린의 거처까지 적혀 있었다.

이걸 보자 경계를 조금 풀 수 있고, 마음속으로 안심이 되는 둘이었다.

"북방에 있었습니까? 잠깐, 소향? 아……. 형님들한테 얘기 들었습니다. 김연홉니다."

"연경입니다."

경계를 풀자, 뒤늦게 둘은 소향이 누군지 생각해냈다. 사실 둘이 모를 리가 없는 인물인 것이다.

신산(神算), 소향은 말이다.

북방의 전쟁터에 숨어 있던, 세상이 모르는 재녀.

신산(隱神算) 소향.

호왕의 난 때도 무린을 도와주고, 곧바로 다시 세상 속으로 스며든 재녀가 바로 소향이었다. 다만 당시에 둘은 소향을 보지 못해 바로 알아보지 못한 것이다.

당연히 관평이나, 장팔이 있었다면 바로 알아차렸을 것이다.

"대주님을 구해주셨습니까?"

"그럼요. 오라버니가 위험 속에 뛰어드셨다는 소리를 듣고, 이렇게 구하러 왔지요."

김연호의 물음에 고개를 끄덕이는 소향. 그에 둘은 혀를 내둘렀다. 어떻게 알고? 그리고 대체 어떻게 북원, 그 괴물 같은 것들을 물리쳤는지. 정말 신기하지 않을 수가 없었다.

"감사합니다."

"위급한 시기는 넘겼어요. 하지만 한동안 요양해야 할 거예요. 그만큼 심하게 당하셨으니까요."

"예……."

김연호와 연경은 어느새 무린의 지척까지 다가가 대주의 안색을 살폈다. 창백하긴 하지만 혈색은 돌고 있다.

둘은 모르는 소환단의 약기운이 무린의 전신 구석구석을 돌며 보살피고 있기 때문이었다. 고른 숨소리도 무린의 상태를 훨씬 좋게 보이게 해줬다.

그때, 두드드드! 하는 소리가 들렸다.

대지가 진동을 하는 소리였다.

흑산에 숨어 있던 북원의 잔당이 이동하는 소리였다. 급히 사방을 경계하기 시작하는 일행이었다.

혹시 모를 기습일지도 모른다.

그 때문이었다.

하지만 한참을 기다려도 기습은 없었다.

"시작되려나 보네요."

"빨리 갔으면 싶은데."

소향의 혼잣말에 은발 여검사, 미오가 입을 열었다. 그러자 소향이 고개를 끄덕인다. 김연호나 소향은 모를 소리를 했다.

"잘못하면 늦겠어요. 어서 출발하도록 하죠. 그럼 무린 소협을 부탁할게요. 저희는 급히 가야 할 곳이 있어서요."

소향이 무린을 다시 한 번 보고, 둘에게 말했다.

그러자 신형을 바로 세워 허리를 굽히며 인사하는 김연호와 연경이었다.

"네… 감사합니다. 정말 감사합니다……."

"은혜, 잊지 않겠습니다."

싱긋.

"뭘요. 제 '욕심' 때문인걸요. 가요 그럼."

소향은 그렇게 돌아섰고, 그 뒤를 삼인이 다시 뒤따랐다.

어둠속으로 그렇게 소향의 일행이 사라지자 김연호도, 연경도 다시 무린을 바라봤다. 그리고 둘이 눈빛을 맞추고는 조심스럽게 무린을 등에 업었다.

이윽고 둘도 어둠 속으로 사라졌다.

그렇게 시간이 흘렀다.

第七十七章 심양대회전(瀋陽大會戰)

들끓었다.

집중됐다.

요녕성의 심장부인 심양에 전 중원의 눈과 귀가 모였다.

그 시작은 심양성의 앞 평야에 최초 혈사일대, 철갑마를 포함한 혈사대 전체가 모이면서부터 시작됐다.

그리고 딱 하루 뒤 군벌(軍閥)의 살인병들이 합류했다. 그 다음으로는 비인(悲人) 살객들이 세 번째였다.

마도육가 중 셋이 모이니 과연… 어마어마했다.

머리의 숫자만 세어 봐도 거의 팔, 구백에 가까웠다. 그러다가 마도 쪽에 관련된 중소문파까지 모이니 천이 넘어버렸다.

그리고 천이라는 숫자는 무시무시한 기세를 그들 스스로 갖게 만들었다. 절정은 원총이 합류하고 나서였다.

그야말로 기세등등하다.

일반인은 곁에 가는 것만으로도 실금할 정도의 흉학한 기세를 내뿜었다.

그러던 차에 심양의 북문이 열렸다.

척.

저벅, 저벅저벅.

첨예한 예기를 뿌리며 붉은 무복을 입은 무인들이 나가기 시작했다.

잘 벼려진 명검?

그건 아니었다. 이 무인들의 기세는 그 보다도 예리했다.

예리하다 못해 기세만으로도 살갗을 베어버릴 정도였다.

모용가의 무인 삼백이었다.

그 다음으로는?

천하제일가.

창궁대가 두 번째로 나섰다.

저 높은 하늘을 닮은 색을 입힌 푸른 무복을 입고 나서는 그들의 기세는… 어마어마했다. 앞서 나선 모용가의 기백도

대단했지만, 창궁대는 그것을 넘어서고 있었다.

그야말로… 왜 천하제일가라 불리는지, 천하제일 타격대라 불리는지를 여지없이 보여주고 있었다.

특히, 맨 앞에 선 중년검수의 기세는 압권이었다.

압도적이라는 말이 이 중년검수보다 더욱 잘 어울리는 무인도 없을 것 같았다. 하지만 그의 별호를 듣게 되면 모두가 아아, 에이, 그럼 당연하지라고 할 것이다.

창궁대검(蒼穹大劍).

천하에서 가장 큰 검이라는 삼대검의 일인.

그가 바로 남궁창익(南宮蒼翼)이기 때문이다.

그렇게 남궁세가의 무인, 삼백이 나갔다.

마지막.

군사들이 나간다.

하지만 일반적인, 그저 그런 군사들이 아니다.

짙다.

너무 짙은 군기를 뿌린다.

일반인들은 보는 것만으로도 질식사시킬 정도로 무지막지한 군기를 대놓고 주변에 사방팔방뿌리며 나아간다.

가장 선두에 언월도를 든 병사의 다른 손에 쥔 깃발이 보인다.

펄럭이는 깃발에 적혀 있는 두 글자.

붉게… 적혀 있는 한 단어.

비천(飛天).

비천대다.
이백 오십의 비천대가 대회전에 참가했다.
뒤늦게 황보가의 이백무인들이 추가로 합류했다.
그리고 황보가의 이백무인이 합류하는 그 순간, 아무런 대화도 없이 정(正)과, 마(魔)가 부딪쳤다.
심양의 북쪽 대지는, 순식간에 지옥으로 변해 버렸다.

*   *   *

무린은 눈을 떴다.
가물거리는 시야로 보이는 건 적막한 어둠이 전부였다. 멍했다. 정신이 제 정신을 찾지 못하고 배회하고, 방황했다.
그러다가 무린은 한순간에 깨달았다.
'살았구나.'
꿈틀.
미약한 통증이 전신을 타고 내달렸다,
통증을 느끼는 순간 무린은 더욱 더 확실하게 깨달았다. 자신이 살아 있다는 사실을. 의문 같은 건 일단 둘째치고, 무린은 가만히 눈을 감았다.

삶을 이어가게 됐다는 사실에 감격해서였다.

잠시 후 다시 눈을 떴고 의식을 집중했다.

몸 상태를 점검하기 위해서였다.

기잉.

기이잉.

의지를 받고, 삼륜공이 천천히 돌면서 무린의 육체 곳곳을 돌기 시작했다. 밑에서부터 위로, 일륜은 거침없이 혈도를 타고 뇌문까지 치달았다.

'괜찮군.'

삼륜공이 전체적으로 돌면서 의식도 좀 더 명확해졌다.

스윽.

상체를 일으킨 무린은 천천히 주변을 훑었다. 이미 어둠에 적응해 버린 시야는 주변사물을 무린의 뇌로 전달했다.

그리고 그 정보를 토대로 무린은 이곳이 유추할 수 있었다.

'객잔?'

휑한 방이었다.

그리고 사람의 손때를 많이 띄고, 예민해진 청각에 옆방에서 남녀의 운우지락의 정을 나누는 소리까지 들려왔다.

객잔이라는 것을 알게 되자 천천히 의문들이 생겨나기 시작했다.

　'누구지. 나를 이곳으로 옮긴 사람은……'

기절했었으니 아무것도 모른다.

그렇다고 신체를 구속하고 있는 것도 없으니 납치도 아닐 것이다. 무린은 자신이 구해졌다고 생각했다.

그러자 자신을 구한 사람이 궁금해졌다.

의식을 더 집중했다.

삼륜공이 돌면서, 주변의 정보를 무린에게 보냈다.

그리고 알 수 있었다.

밑에 층에서 들리는 두 사람의 목소리를 들었기 때문이었다.

　'김연호, 연경? 이 목소리는 분명히 그 녀석들이다. 살아… 있었구나.'

잊을 리가 없다.

너무나 미안했던 두 사람의 존재였기에, 듣는 순간 곧바로 알 수 있었다. 하지만 무린은 다른 것도 알 수 있었다.

　'나를 구한 사람은 둘이 아니겠군. 둘의 실력으로는 나를 구해서 그곳에서 빠져나오지 못해. 다른 사람이 끼어들었어.'

자신도 죽은 곳이었다.

누가 구해주지 않았으면 분명히 죽었을 곳이었다.

그런 곳에서 김연호와 연경 둘이서 무린 자신을 구하는 건 절대로 불가능하리라 생각했다. 당장 초원여우도 둘로서는 상대하기 벅찰 것이다.

솔직히 말해, 무린은 둘이 용케 잘 걸리지 않았을 것이리라 생각했다. 그리고 그건 맞는 생각이었다.

둘은 악마기병을 발견했던 그 순간 아예 꽁꽁 숨어 다녔으니까 말이다. 그럼 누가 자신을 구했을까?

'둘에게 물어보면 알 수 있겠군.'

무린은 천천히 자리를 털고 일어났다.

얼마나 지났는지는 모르지만 상처부위가 욱신거리는 걸로 보아 그렇게 긴 시간이 지난 것 같진 않았다.

근육도 비명을 지르는 정도가 아닌, 그저 굳어 있던 정도였다. 여기서 무린은 또다시 의문을 느꼈다.

'비침에 뚫렸던 옆구리도 그렇지만, 어깨는 아예 관통까지 당했었는데…… 이 정도로 움직임에 지장이 없을 정도라니.'

놀라웠다.

구명의 은을 베풀었던 상대가 뭔가 특별한 치료를 해준 것 같지만, 그래도 무린의 놀람은 가시지 않았다.

"……."

탁자에 세워져 있던 창을 손에 쥐는 무린.

잘 손질되어 윤이 나고 있었다.

밑에 있는 두 사람이 손질을 해줬을 거라 무린은 생각했다. 삐걱거리는 나무 계단을 타고 내려가자 곧바로 두 사람이 반응을 해왔다.

"대주!"

"깨어나셨습니까!"

끄덕.

무린은 고개를 끄덕이고 의자를 끓어다가 둘의 앞에 앉았다.

"괜찮으니 호들갑 떨지 마라."

"예, 알겠습니다."

"알겠습니다. 대주."

무린의 나직한 말에 고개를 살짝 숙이며, 비슷하지만 다른 대답을 내놓는 두 사람이었다.

두 사람의 대답에 고개를 살짝 끄덕인 무린은 일단 궁금증부터 해소하기로 했다.

"누가 나를 구해줬지?"

"소향소저입니다."

김연호의 대답에 무린의 눈동자에 놀람이 깃들었다.

"소향이?"

"네, 저희가 대주를 찾았을 땐 이미 소향소저가 일행들과 함께 대주를 구한 뒤였습니다."

"음……."

일행, 일행이라…….

검란 소저 말고 소향에게 동료가 더 있었나?

무린이 본 소향은 언제나 검란과 함께 있었다. 그 외에는 특별한 친분이 있지 않을 걸로 알고 있었다.

'아니, 내가 모르고 있던 거겠지.'

섣부른 판단은 금물이다.

"그럼 소향은?"

"일이 있다고 저희에게 대주를 맡기고는 바로 떠나셨습니다."

"떠났다라……. 아, 지금 얼마나 지났지? 그 날 이후로."

"일주일입니다."

"일주일… 일주일이라."

무린은 눈을 감았다.

일주일이나 지났다.

그렇다면 이미…… 늦어도 한참이나 늦었다.

심양성은, 요녕성은.

아마, 마도육가와 북원의 잔당의 손에 떨어졌으리라. 단지 무린이 정황만 보고 추측한 것에 불과하지만, 무린은 지금도 그렇게 느끼고 있었다.

"대회전은 벌어졌나?"

"예⋯⋯."

대답이 늘어진다.

'역시나군. 후우⋯⋯.'

한숨이 절로 나온다.

하지만 그렇다고 안 물어볼 수도 없다.

"심양성도 넘어갔고⋯⋯?"

"예⋯⋯."

"요녕성 전체가 난리가 났겠군."

"예, 북원의 대군이 아예 학살을 벌이고 있다 합니다."

예상했던 대답이었다.

"여긴 어디지?"

"수중입니다."

"여기까지 밀렸나?"

"반금, 북녕, 청하문, 북표에 현재 명군이 진을 치고 있습
니다. 요녕성의 나머지는 이미 북원의 깃발이 꽂혔습니
다."

"참담한 대패군⋯⋯."

"예⋯⋯."

이 대화만으로도 대회전은 어떻게 됐냐는 질문은 생략해
도 된다. 볼 것도 없기 때문이다. 전선이 이 정도로 밀렸다.

그렇다면 대회전도 당연히 참패를 당했을 것이다.

무린은 대회전이 어떻게 흘렀는지도 알 것 같았다.

'대회전, 무인들끼리는 그냥 힘으로 붙었겠군. 혈사대는 비천대가 맡았을 테고. 백중세… 절대 밀렸을 리가 없다. 승패를 바꾼 건… 북원의 잔당이다.'

왜 그들이 승패의 열쇠가 되었을까.

'하오문이 철저히 정보를 조작했을 테니 북원의 잔당, 그 정에 중에 정예가 심양 근처까지 도착했는데도 아마 몰랐을 것이다. 성문은 비인의 살객이 열었겠지. 북원의 잔당이 곧바로 심양군부를 쳐부수고 전장의 뒤로 급습했겠어. 그렇게 되면 앞뒤에서 공격을 받고…….'

"압살."

망할.

모든 전투에서 가장 기피하는 방법에 당한 것이다. 무능해서? 아니다. 적의 준비가 너무 철저했다고 보는 게 옳을 것이다.

무린이 기를 쓰고 북원의 잔당에게 포위당했을 때 도망치려 했던 이유가 여기에 있었다. 북원의 잔당이 전장에 합류하는 순간, 그리고 그들이 심양성을 깨부수는 순간 어떻게 될지 알고 있었기 때문이다.

하지만 무린은 늦었다.

심지어, 소향도 움직였다고 하는데 그들도 늦었다.

아마 북원의 잔당은 출발즉시 먼저 연락을 어떻게든 취했을 것이고, 그건 소향이 쓰는 연락책, 혹은 도보의 이동보다 빨랐을 것이다.

이 모든 것은……

빌어처먹을 하오문, 하오문이 문제였다.

모든 정보력이 하오문에 밀리고 있다.

정보의 입수는 물론, 조작에서도 밀리니 적이 동에 번쩍 서에 번쩍 하고 날뛸 것이다.

그렇게 되면 혼란은 가중되고, 혼란은 곧 전투의 패배로 이어지게 될 것이다.

안휘성에서도 그렇고, 이번 전투도… 사실상 가장 큰 역할을 차지한 건 역시 하오문이었다.

'이 정도였던가……'

무린은 하오문에 대해 어느 정도는 안다.

뒷골목, 그곳의 가장 천한 직업을 가졌다는 자들이 이루어 만든 집단이다. 하지만 이들… 배수, 기녀 등이 주를 이루는 하오문은 천하 어느 곳에나 있다.

곳곳에 있단 말이다.

'일단 넘어가자.'

가장 중요한 걸 물어볼 때다.

"비천대는 어떻게 됐지?"

"……."

이 질문에 김연호와 연경의 안색이 어두워졌다.

덩달아 무린도 낯빛을 굳혔다.

하지만 다시 물었다.

중요하다.

이게 제일 중요하다.

다른 것도 중요하지만, 무린에겐 이게 가장 중요하다.

"어떻게 됐지?"

"전멸은… 면했다고 합니다."

"……."

전멸은 면했다라…….

큭, 좋아해야 하나?

순간 무린은 스스로에게 질문을 던졌다.

대답은?

아니올시다.

"위치는?"

"엊그제 받았을 땐 길림성으로 빠져나간다고 했습니다."

"길림이라……."

무린은 순순히 고개를 끄덕였다.

하지만, 얼굴은 급속도로 굳어갔다.

슬금슬금 피어나는 기세.

"내 동료들이… 내 전우들이……."

그 말이 끝나는 순간 순식간에 객잔을 장악. 일반인들까지 흠칫! 하고 숨을 죽이게 만들어버렸다.

조절이 불가능한 분노.

무린의 분노는 그만큼 무시무시하게 타오르고 있었다.

"패잔병이 되어… 도망치고 있단 말이지."

까드득!

우득!

이가 갈리고 주먹이 강하게 쥐어지며 뼈가 우그러졌다.

동시에 삼륜공이 비명을 질렀다.

끽! 기… 가아아앙!

그 누구에게도 들리지 않았지만 무린의 귀에는 너무나 명확하게 들렸다. 하지만 그 이유는 무린의 의지를 따른 것일 뿐이다.

"길림으로."

향하겠다.

무린은 선포했다.

무시무시한, 푸르른 귀화를 불태우면서.

또한 무린은 다짐했다.

막는 자.

모조리 참(斬)하리라.

第七十八章 모략(謀略)

귀환병사

출발 전, 무린을 찾아온 손님이 있었다. 아니다. 손님이란
말은 맞지 않았다. 든든한 원군이었다.

바로 운삼, 그리고 운삼을 도와주던 역광과 마광경이었다.

"대주! 깨어나셨군요!"

"그래, 어제 깨어났다."

"다행입니다! 후우! 대주께서 쓰러졌다는 소식을 듣고 북
경에서 예까지 오면서 얼마나 걱정을 했는지… 속이 시꺼멓
게 타들어가 재만 남았을 지경입니다……."

"미안하다."

"휴우, 아닙니다. 이렇게 무사히 일어나 주셔서 정말 감사합니다."

운삼의 진실어린 말에 무린은 희미하게 웃었다.

"일단 앉자."

"네."

무린은 출발하기 전에 일단 돌아가는 상황을 제대로 파악하는 게 먼저라는 생각이 들었다. 김연호와 연경에게 대충 들었지만 운삼이 가지고 있는 정보는 또 다를 것이다.

상인연맹의 정보를 바로바로 손에 받을 수 있는 운삼이기 때문이다.

"알고 있는 걸 말해줬으면 한다."

"당연히 말씀드려야죠. 그걸 전해드리려 제가 여기까지 온 게 아니겠습니까. 하하."

운삼은 무린의 말에 자신 있게 웃으며 대답했다.

점소이가 내온 차를 한 모금 마신 운삼이 주변을 훑어보고 사람이 없음을 확인 한 후 천천히 입을 열었다.

"일단 요녕성은 쑥대밭이 되었습니다."

"으음……."

이미 김연호와 연경에게 들었던 바다.

심양성이 넘어갔고, 그에 이어 곧바로 북원의 군사가 요녕성의 각 주요 군사거점을 타격했을 것이다.

그건 전쟁을 조금이라도 아는 사람이라면 누구나 예상이
가능한 일이다.

"북원이 미쳤습니다."

"미쳤다고?"

"예. 아니 미쳤다고 하기보다는 아예 작정을 했다는 게 맞
는 말일 겁니다."

"작정을 했다……."

무린은 생각해 봤다.

요녕성을 쑥대밭으로 만드는 거야, 이미 예상이 가능하다.
근데 운삼은 아예 작정을 했다는 말까지 했다.

그건 곧, 요녕에서 끝나지 않는다는 의미다.

"요녕은 하북, 그리고 북경 천진의 코앞이다. 하지만 그곳
은 칠 수 없을 거야……. 그렇다면… 길림. 길림을 쳤구나."

무린의 말에 운삼의 고개가 무겁게 끄덕여졌다.

"예, 길림으로 현재 십만이 진격 중입니다."

"……."

"십만의 북원의 병력이라면 한 달도 안 걸릴 겁니다. 그렇
게 되면……."

"온전히 북경공략에 집중할 수 있겠지. 하지만 대명의 군
부도 가만있지 않을 텐데?"

"길림은 포기한 모양입니다. 현재 요녕의 방어선도 산해관

을 중심으로 다시 편성하고 있습니다."

"음······."

무린은 일이 점점 번진다고 생각했다.

북원의 잔당이 이곳저곳을 공격하던 건 사실 이번이 처음이 아니다. 매번 수도 없이 타격전을 펼친다.

북방이 지옥인 건 그런 이유에서였다.

하지만 지금처럼 작정하고 병력을 집중한건 무린도 처음 겪어보는 일이었다.

'길림··· 어?'

무린은 순간 등골을 타고 내달리는 벼락을 느꼈다.

"길림. 비천대가 그곳으로 갔다고 들었는데?"

"예······."

"······."

미치겠군.

비천대의 성격상, 북원의 잔당이 학살극을 펼치도록 결코 좌시하지 않을 것이다. 백면은 물론 마예, 제종, 관평이나 장팔 전부 그걸 두고 볼 사람들이 아니었다.

"길림으로 향하는 군을 이끄는 자는?"

지휘관.

적군의 지휘관이 중요했다.

무리가 오합지졸이 되느냐, 아니면 강병이 되느냐는 전적으로 지휘관에게 달렸다. 무능한 지휘관이 이끄는 군이라면 그저 맛좋은 먹이에 불과하나, 유능한 지휘관이 이끄는 군은 절대로 피해야 할 대적이었다.

운삼의 얼굴이 좋지 않았다.

그걸 보며 무린은 순간적으로 북방에서 들었던 북원의 잔당을 이끄는 유능한 지휘관들을 떠올렸다.

하나, 둘, 셋, 넷······.

차례대로 떠오르는 이름.

이름들이 떠오르기 시작하자 조급함에 입이 자연스럽게 열렸다.

"설마··· 군신(軍神)인가?"

"다행히 그는 아닙니다."

북원의 병력은 명군에 비하면 당연히 적다.

그런데도 그들이 명군을 그렇게 괴롭힐 수 있는 이유는 지휘관에 있다.

좀 전 무린이 말한 군신, 이름은 모른다.

그저 군신일 뿐이다.

그렇게 부른다.

휴우.

무린의 입에서 안도의 나오려는 찰나, 뒤늦게 나온 운삼의 말에 턱하고, 막히고 말았다.

"천리안이 온다고 합니다."

"……."

천리안(千里眼).

먼 곳에서 일어나는 일을 감지하는 능력, 혹은 직접 본 듯이 느끼는 것을 말한다. 물론, 인간에게 가능한 일이 아니다.

그리고 뜻에서 알 수 있듯이 천리안 '바타르'는 지장(智將)이다. 하지만… 어처구니없게도 바타르는 굉장히 뛰어난 무장(武將)이기도 하다.

홀로 일인군단을 형성할 수 있을 정도로 뛰어난 무예를 지니고 있으면서도, 그 머릿속에는 천리안이라는 이름답게 귀계가 가득 들어 있는 군사였다.

북원의 잔당, 그 파괴적인 무를 담당하는 이가 군신이라면, 전장 곳곳을 뚫어보듯이 살피고 병력을 조율하는 이가 바로 천리안 바타르다.

그런 바타르가… 십만의 대군을 이끌고 길림으로 향하고 있다.

그리고 비천대가 그곳으로 들어선 상태였다.

"부딪치겠군……."

"예, 그런 녀석들이니까요."

"환장하겠군. 명군은 길림을 구할 생각이 없다고 했지? 그렇다면 수성을 총 책임지는 분은 누구지?"

"장양성 대장군입니다."

"음……."

무린은 고개를 끄덕였다.

대장군 장양성.

그러면 믿을 수 있다.

군신, 그리고 천리안의 귀략에도 북방의 전선을 지켜낸 이가 바로 장양성이다. 그것도 몇 십년간 말이다.

문제는 대장군의 나이다.

벌써 고희(古稀)를 넘어선 나이의 대장군이다. 하지만 그래도 믿을 수 있다. 그는 말 그대로… 대장군(大將軍)이니까 말이다.

직책만 대장군이 아닌 그 자체가 대장군인 사람이다.

능력, 인품, 그 무엇 하나 빠지는 곳이 없는 자라고 할 수 있다.

그 예로, 선덕제가 황위에 올랐을 때 가장 먼저 한 것이 대장군을 자기사람으로 만드는 것이었을 정도다.

그만큼 장양성 대장군은 뛰어난 사람이다.

"수비는 신경 안 써도 되겠군. 그렇다면 나는 길림으로 향하겠다. 운삼, 녀석들의 위치를 찾을 수 있겠나?"

"후우, 지금은 힘듭니다. 요녕성은 물론 길림성에서 들어오는 정보가 상당히 줄어들었습니다. 아마도 북원의 짓이라고 보입니다."

"색출하고 있군."

"예, 그 일은 초원여우들과 하오문이 맡았을 겁니다."

"하오문… 진짜 문제군."

"예…….."

하오문.

그놈에 하오문.

이미 일각에서는 하오문을 마도의 일가로 보고 있었다. 정보단체 중… 수위. 상인연맹은 물론, 황실의 눈과 귀가 되는 동창의 정보력까지 뛰어넘고 있었다.

가장 무서운 적.

가장 까다로운 적.

그렇기 때문에 반드시 제거해야 할 적이다.

무린은 하오문을 그렇게 규정지었다.

"들어야 할 건 다 들었나?"

"하나… 더 있습니다."

"더 있다?"

또 무슨 이야기가 더 있을까.

"대주, 아니 형님."

"말해라."

"후우."

운삼이 한숨을 깊게 내쉬었다.

무린은 그에 인상을 굳혔다.

무슨 일이지?

무슨 일이기에 운삼이 이러는지, 감이 잡히지 않았다.

혹시 가족일인가?

그런 마음에 무린이 급히 물었다.

"혹시 태산에 무슨 일이 생겼나?"

그 물음에는 다행히 고개를 젓는 운삼이었다.

"그럼? 말해라. 뜸 들이지 말고. 아니, 잠깐……."

무린은 운삼의 말을 막고, 창을 쥐고 일어났다.

객잔 밖에 일단의 무리가 접근 중이었다.

흉험한 기세가 느껴졌다.

운삼도 느꼈는지 급히 일어나 무린의 옆으로 이동했다. 그리고 하나 밖에 없는 손을 허리 뒤로 옮겼다.

김연호, 연경은 물론 마광경과 역광도 무린을 에워쌌다.

쾅!

쫘지직!

객잔 문짝이 포탄에 맞은 것 마냥 날아갔다.

그리고 일단의 무리가 빠르게 들어서 무린을 포위했다.

서늘하면서도 활활 끓는 투기가 느껴졌다.

무린의 눈빛도 마찬가지였다.

'어깨……. 괜찮군. 옆구리에도 통증은 안 남았어. 소향이 어떤 약을 썼는지 모르지만 효과가 엄청난 걸 썼어.'

그래서 지금.

"눈뜨자마자 다시 전투군."

다시 싸울 수 있었다.

그런데 웃기게도 그 대상이 하필…….

"아군을 상대로 말이야……."

재미있군.

재미있어.

들어선 이들, 낯익은 얼굴들이 보인다.

특히 문 쪽에서 무시무시한 기세를 내뿜으며 들어서는 일남일녀.

팽연성과 팽연화.

무린의 얼굴에 순식간에 비릿함이 깃들었다.

스스스…….

혼심의 작용?

맞다.

그러나… 무린 본인의 의지이기도 했다.

팽연성과 팽연화. 그리고 오호대와 사자대가 내뿜고 있는 건 누가 봐도 명백한 적의다. 그걸 못 느낄 무린이 아니다.

무린은 무슨 일이 벌어졌다는 걸 느꼈다.

슬쩍 운삼을 돌아보니, 운삼의 눈가에도 흉흉한 기운이 어려 있었다. 그러다 무린의 시선을 느꼈는지 비틀린 입술을 열어 말했다.

"대주께서 간자로 의심받고 있다 말씀드리려 했습니다."

후후.

운삼의 입에서도 비릿한 웃음이 나왔고, 동시에 무린의 입에서는……

피식.

비웃음이 나왔다.

"간자(間者)라……."

아군이 적에게, 혹은 적이 아군에게 심은 첩자를 간자라고 한다.

내가?

큭, 크큭.

팽연성과 팽연화가 무린을 노려보더니 이윽고 말했다.

어쩌면 돌이킬 수 없는 길인지도 모르고.

"제압해!"

제압?

누구 마음대로?

쩌정!

"칵……!"

최초로 달려든 던 팽가의 무인이 무린이 휘두른 철창에 맞고 달려들던 속도보다 더욱 빠르게 튕겨나갔다.

전, 후, 좌, 우.

사방에서 팽가의 무인들이 쇄도했다.

단 한 사람.

무린을 노리고.

김연호, 연경, 마광경, 역광이 그에 맞서 무기를 뿌렸다.

운삼의 손에서 소도가 날았다.

무린의 철창도 춤을 추기 시작했다.

챙!

채앵….

그그극…….

쇠와 쇠가 부딪친다.

정도의 사람끼리 만나서…….

참으로 골 때리지 않은가.

쩡! 그그극…….

푸칵!

"컥……!"

무린의 철창이 팽가 무인의 심장에 틀어박혔다.

서늘히 빛나는 눈.

애기했었다.

분명히 말했었다.

내 앞길을 막는 자에게 보여 줄 자비는 없다고.

*   *   *

"물러나!"

쩌렁!

내력이 가득 실린 외침이 객잔을 흔들었다. 그러자 팽가의 오호대와 사자대가 곧바로 뒤로 물러난다.

물러나라 외쳤던 팽연성이 앞으로 나섰다.

"……."

그런 팽연성을 말없이 노려보던 무린이 천천히 심장에 틀어박힌 철창을 뽑았다. 크르르 하고 피를 입으로 게워내더니 곧 힘없이 바닥에 허물어졌다.

사망자 하나.

<u>스스스스.</u>

혼심이 돈다.

나를 적대하잖아?

그러니 죽이자.

지금의 너라면… 다 죽일 수 있어.

유혹한다.

악마처럼, 요부처럼 무린의 귀에 속삭였다.

'꺼져.'

그런 혼심에게, 무린은 속으로 차갑게 뇌까리듯 경고했다.

"정말 이러실 겁니까……?"

낮게 깔린 팽연성의 말에는 분노가 깃들어 있었다. 그러나 그건 무린을 더욱 자극하는 꼴이 됐다.

"정말?"

대체 뭘.

"이러실 거냐니."

내가 뭘 했는데?

"대협이 적과 내통하는 증거를 포착했습니다."

푸핫!

웬 웃기지도 않는 농지거리인가.

"내가 적과 내통을 했다는 증거?"

"네, 대협이……."

팽연성의 말은 끝까지 이어지지 못했다.

"대협은 무슨! 적의 간자 따위가!"

팽연화의 격렬한 외침 때문이었다.

다시금 흉흉한 기세가 감돌았다.

"입 조심해라. 꿰매버리기 전에……."

무린은 경고를 날렸다.

그것도 지독히 흉흉한 경고였다.

평소의 무린이라면, 결코 하지 않을 말투였다. 물론 그 이면에는 혼심이 작용했다. 하지만 무린 본인이 현재 너무나 분노한 상태였다.

너무, 한계 이상의 분노를 지금 무린은 느끼고 있었다.

그럼에도 불구하고…….

참고 있다.

팽가의 무인을 하나 죽였지만, 그조차도 봐준 거다.

지금의 무린은… 예전의 무린과 다르다.

누가 그러더라.

생사의 갈림길에서 살아나오면, 그 후 더욱 강해진다고.

무린이 딱 그 짝이었다.

팽가의 무인들은 강했다.

정도오가의 일가다운 강력함이 있었다. 하지만 무린은 그보다 강했다. 모든 공격이 보였다. 뻔히 보이는 위치로 날아드는 일격들이었다.

이건 팽가의 무공이 약한 탓이 아니었다.

결정적인 문제가 있다.

바로.

실전 경험이 없다는 것이다.

죽이고 죽이는 처절한 실전을 거치지 않았기에, 이들의 공격은 너무나 뻔했다. 특히 제압하라는 명령 때문에 실수 또한 없었다.

치명적인 실수다.

잠시의 접전으로 무린은 최소, 자신과 손속을 마주했던 모두를 일격이나 반격으로 죽일 수 있었다.

그럼에도 참았다.

물론, 마지막에는 결국 하나를 죽였지만 참은 건 참은 것이다. 전부를 죽일 수 있었음에도, 하나만 죽였으니 말이다.

말도 안 되는 개소리라 할지 모르지만, 말이 되는 개소리이기도 했다.

그래서 무린은 지금 날이 바짝 선 상태였다.

분노가… 화산처럼 뿜어지고 있는 상태였다.

"이, 이이……!"

팽연화의 신형이 순식간에 늘어났다.

잔상을 만들어내는 신법, 혼원보(混元步)다.

혼원이란 이름에 걸맞게 섞이고, 퍼졌다.

잔상이 일어나고, 허와 실이 생겼다.

어느 게 진짜고, 어느 게 가짜인지 구분이 안 될 정도였다. 이렇게 되면 육안이 어지러워져야 정상이다.

혼원보는 그걸 노린다.

하나.

안타깝게도 무린은 그 정도에 흔들릴 무인이 아니다.

'살기는 좌측 두 번째.'

잔상은 살기가 없다.

경지가 약한 탓인지, 아니면 혼원보가 가진 약점인지 확인할 방법은 없다. 하지만 느낀 그대로 무린은 행했다.

나머지는 전부 무시하고.

어깨로 갈 지(之)를 그리며 떨어지는 도의 옆면을 좌장(左掌)으로 후려쳤다.

쩌정!

공간이 터지고, 악! 소리를 내며 팽연화가 튕겨 나갔다. 잔상은 당연히 사라졌고, 팽연화는 객잔 벽을 부수고 아예 튕겨 나갔다.

휑하니 뚫린 벽으로 보이는 팽연화는 바닥을 몇 바퀴나 구르고, 그 후 엎드려 웩, 웨엑! 하고 피를 게워내고 있었다.

일점의 자비가 없는 손속이었다.

아니, 자비는 있었다.

도의 옆면을 때렸다는 건, 다른 곳도 충분히 때릴 수 있었다는 소리다. 무린이 만약 피하고 얼굴이나 가슴을 후려쳤다면 팽연화는 저렇게 피를 게워내고 있지도 못했을 것이다. 타격 즉시 즉사다.

삼류의 내력은 파고들기 때문에 곧바로 즉사다.

상체의 회전과 팔의 비틀음으로 생성시키는 전사력? 그것보다 더욱 무서운 게 삼류의 내력이다.

그러니 이번에도 무린이 봐준 것이다.

무린의 시선이 팽연성에게 향했다.

이를 악물고 팽연화를 바라보는 팽연성이 보였다.

"이렇게… 이렇게까지 해야 합니까? 그냥 조용히 잡혀주시면 안 되겠습니까?"

부들부들 떨며 하는 팽연성의 말에 무린은 피식 웃었다. 그리고 정말 어이없는 말투로 대답했다.

"잡혀줘? 내가 왜 잡혀야 하지?"

"……."

무린의 대답에 팽연성은 품에 하얀 종이를 꺼냈다. 그리고 휙, 무린에게 던졌다. 하늘거리는 종이는 바닥에 떨어져야 정상이지만 무린에게까지 날아왔다. 왼손으로 종이를 받은 무린은 종이를 펼쳤다.

"……."

서신은 길지 않았다.

오호(五虎), 진린(鎭躪).

흑산행(黑山行).

팽가(彭家) 무인(武人).

이백(二百).

동(同).

이게 전부였다.

"……."

오호의 뜻은 모른다. 그러나 진린은 자신을 뜻하는 단어일
것이다.

진린. 자신의 이름에서 무(武)자만 빠져 있다. 특정 인물을
연상시키기 너무 쉬웠다. 그 특정 인물은 바로 무린이다.

흑산행.

무린이 죽을 뻔했던 곳이다.

그곳으로 가고 있다고 적혀 있다.

팽가 무인 이백을 대동하고 같이 간다고 마지막으로 적혀
있다. 뒷말은 없다. 하지만… 굳이 연상할 필요가 있을까?

이미 모든 것이 적혀 있는데 말이다.

피식.

근데, 겨우 이런 것.

겨우 이따위 조작문서로 자신을 의심한다? 어이가 없는 일
이다. 얼마나 병신 같으면 겨우 이 따위 걸로…….

"참으로 웃기는군."

답답함?

그런 것보다 저들의 우매함이 너무나 어이가 없었다.

"그러게 말입니다. 멍청해도 정도가 있지……."

운삼이 무린의 말에 동의하면서 대답했다.

그의 얼굴에도 참으로 가소롭다는 표정이 지어져 있었다.

"겨우 이걸로 나를 의심하나? 무얼 믿고? 겨우 서신 한 장에 말이다."

"실제로 그 서신에 적힌 대로 대협은 행동했습니다."

대협이라.

예의는 갖춰주는 군.

피식, 이 또한 우스운 일이다.

그러나 팽연성의 말은 사실이었다.

저 서신처럼, 무린은 흑산행을 결정했었다. 그리고 그곳에서 죽을 뻔했다. 하지만 그건 모르겠지.

"또 있나?"

"당신이 이끌다던 비천대가 갑자기 퇴각 중 적진으로 향했습니다."

비천대는 길림성으로 도주 중이다.

패잔병이 되어서 말이다.

그것도 확인하지 못한 주제에…….

"그것 말고?"

"당신이 살아 돌아왔습니다."

"내가 살아 돌아온 게 증거다?"

"그렇습니다. 저희도 그날 도주한 뒤 알아봤습니다. 뿔이 달린 투구를 쓴 북원의 기병은 한 부대뿐이더군요. 북원의 정예기병, 다른 말로는 악마기병이라고 하죠."

"그래서?"

"기병 하나하나가 최소 일류 끝자락에서 절정초입. 그런 자들에게 쫓기고 대협이 살아남을 가능성은 거의 없다고 봅니다. 실제로… 대협은 지금 부상이 하나도 없습니다."

"큭……."

비웃었다.

부상이 없다고?

어깨가 병신이 될 뻔했다.

옆구리에 구멍이 뚫렸었다.

생사를 오락가락했다.

소향이 쓴 약이 아니었다면 십 중 십 무조건 죽었을 것이다.

그런데 부상이 없다고?

상체를 벗어서 보여줘야 하나?

오해를 풀라면 그 방법은 좋다.

하지만 무린은 그러고 않았다.

내가 뭐가… 아쉬워서?

그런 생각이 무린의 뇌리를 가득 매웠기 때문이다.

"더 있나?"

"그걸로 충분하지 않습니까?"

"……."

그래.

사실이 그렇다.

기가 막히게 상황이 딱 맞아 떨어졌다.

"골 때리는군."

"제갈세가에 서신을 보냈습니다."

"제갈세가에?"

"예, 대협의 가족을… 구금할 생각입니다."

뭐?

뭐라고……?

누구를 구금해?

내 가족을?

네놈들은 정말…….

"그러니 저항은 그만하십시오."

정녕…….

"네놈들이 정녕……."

무덤을 파는구나.

오냐.

그렇게 소원이라면.

내 그 소원대로…….

죽여주마.

세상에는 말이다.

건드려서 될 게 있고, 안 될게 있는 법이다.

저들은 무린의 역린을 건드렸다.

파고들면 치명적인 고통을 유발하니, 손만 다여도 극심한 고통을 느끼고. 그 직후 극도로 흥분, 분노하게 되는 법이다. 가족은 확실히 역린이다.

무린을 제압할 확실한 약점이자 마르지 않는 힘의 원천이다.

무린은 느꼈다.

이성의 끈이 뚝 하고 잘리는 감각을.

동시에 뇌리를 장악하는 흥성.

죽이자.

갈가리 찢어서, 사지를 절단해서, 죽이자.

살기가 폭발한다.

무린의 두 눈동자에 지독한 살심이 맺혔다.

동시에 혼심이 무린을 완전히 장악했다.

킥, 킥킥거리는 혼심이 느껴졌다.

정도의 비천객은 사라지고, 북방에서 귀환한 살인병만 남았다. 건드려서는 안 될 것을 건드리려고 한 죄.

그 죄는…….

피로 갚아라.

『귀환병사』 9권에 계속…

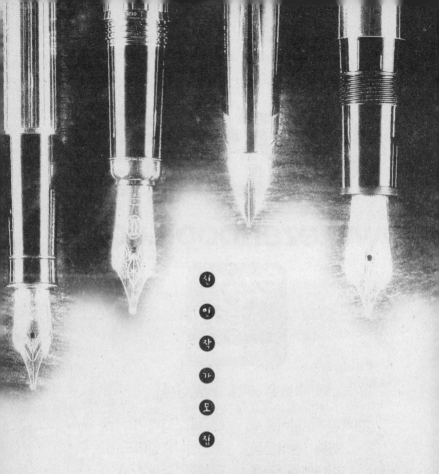

신
인
작
가
모
집

시작이 반이라고 했습니다.
작가의 길에 대한 보이지 않는 벽을 과감히 깨뜨리십시오!
청어람은 작가 지망생 여러분들의
멋진 방향타가 되어드리겠습니다.

저희 도서출판 청어람에서는
소설 신인 작가분들을 모집합니다.
판타지와 무협을 사랑하시는 분들의 많은 참여를 바랍니다.
소정의 원고(A4용지 150매)를 메일이나 우편으로 보내주시면
검토 후 출판 여부를 알려드리겠습니다.

주소:경기도 부천시 원미구 심곡2동 163-2 서경B/D 2F 우편번호 420-822
TEL:032-656-4452 · **FAX**:032-656-4453
http://**www.chungeoram.com**
e-mail:chungeoram@chungeoram.com

마 in 화산

夢

FANTASTIC ORIENTAL HEROES

용훈 新무협 판타지 소설

무림공적, 천살마군 염세악!
검신 한호에게 잡혀 화산에 갇힌 지 백 년.

와신상담… 절치부심… 복수무한…

세월은 이 모든 것을 잊게 하고
세상마저 그를 잊게 만들었다.
하지만.

"허면 어르신 함자가 어찌 되시는지……"
우연한 만남, 자신도 모르게 튀어나온 원수의 이름.
"그게… 한, 한호일세."

허무함의 끝에서 예기치 않게 꼬인 행로.
화산파 안[in]의 절세마인, 염세악의 선택!

Book Publishing CHUNGEORAM

유행이 아닌 자유추구
WWW.chungeoram.com

FUSION FANTASTIC STORY

마스터 K

김광수 현대 판타지 장편 소설

세상천지에 의지할 곳 하나 없는 천재 소년 강민,
그의 치열한 생존 투쟁기.

설악산 사기꾼 양 도사에게 낚인 3년의 세월.
비를 눈물 삼아 밥 말아 먹었던 순수했던(?) 영혼 강민이
강남 한복판으로 나왔다.
그가 펼쳐내는 한 편의 대장편 드라마.
럭셔리 마이 라이프를 위해 대한민국
최고 명문 고등학교에 입학하게 되는데……

"돈! 명예! 사랑 다 내거야! 옵션으로 가늘고 길게 살다 가겠어!
내 앞을 막아서는 모든 걸 부숴 버릴 거야!"
이글이글 타오르는 강민의 눈빛.

행복과 고통이 교차하는 정해지지 않은 고난의 행군.

그 미래 속에서 소년 강민의 거침없는 발걸음이 당당하게 세상을 향해 전진한다.
절대자의 이름, 미스터 K라 불리며……

Book Publishing CHUNGEORAM

유행이 아닌 자유추구
WWW. chungeoram.com

이민섭 新무협 판타지 소설

죽지 못하는 자는 살지 못하는 것과 같다.
그래서 그는 스스로를 무생(無生)이라 부른다.

은퇴한 기인들의 마을, 득도촌
그곳에서 가장 기이한 자는…
은거기인들마저 놀라게 하는 한 명의 청년

"그 무엇도 궁금해하지 말 것!"

부엌칼로 태산을 가르고,
곡괭이질로 산을 뚫는 자, 무생!

흘러 들어온 남궁가의 인연으로,
죽지 못해서 살아온 그가
이제 죽기 위해 무림으로 나선다.

살지 못한 자가 비로소 살게 되었을 때
천하가 오롯이 그의 것이 되리라!

Book Publishing CHUNGEORAM

유행이 아닌 자유추구
WWW.chungeoram.com

FUSION FANTASTIC STORY
천성민 장편 소설

짐승의 규칙

『무결도왕』 『다크로드 블리츠』
천성민 작가의 신간!

짐승의 규칙

살아야만 했다.
나를 위해 희생당한 부모님을 위해,
복수를 위해.

죽여야만 했다.
내가 살기 위해 타인의 목숨을.

그렇게……
나는 짐승이 되었다.

Book Publishing CHUNGEORAM

유행이 아닌 자유추구 -
WWW.chungeoram.com